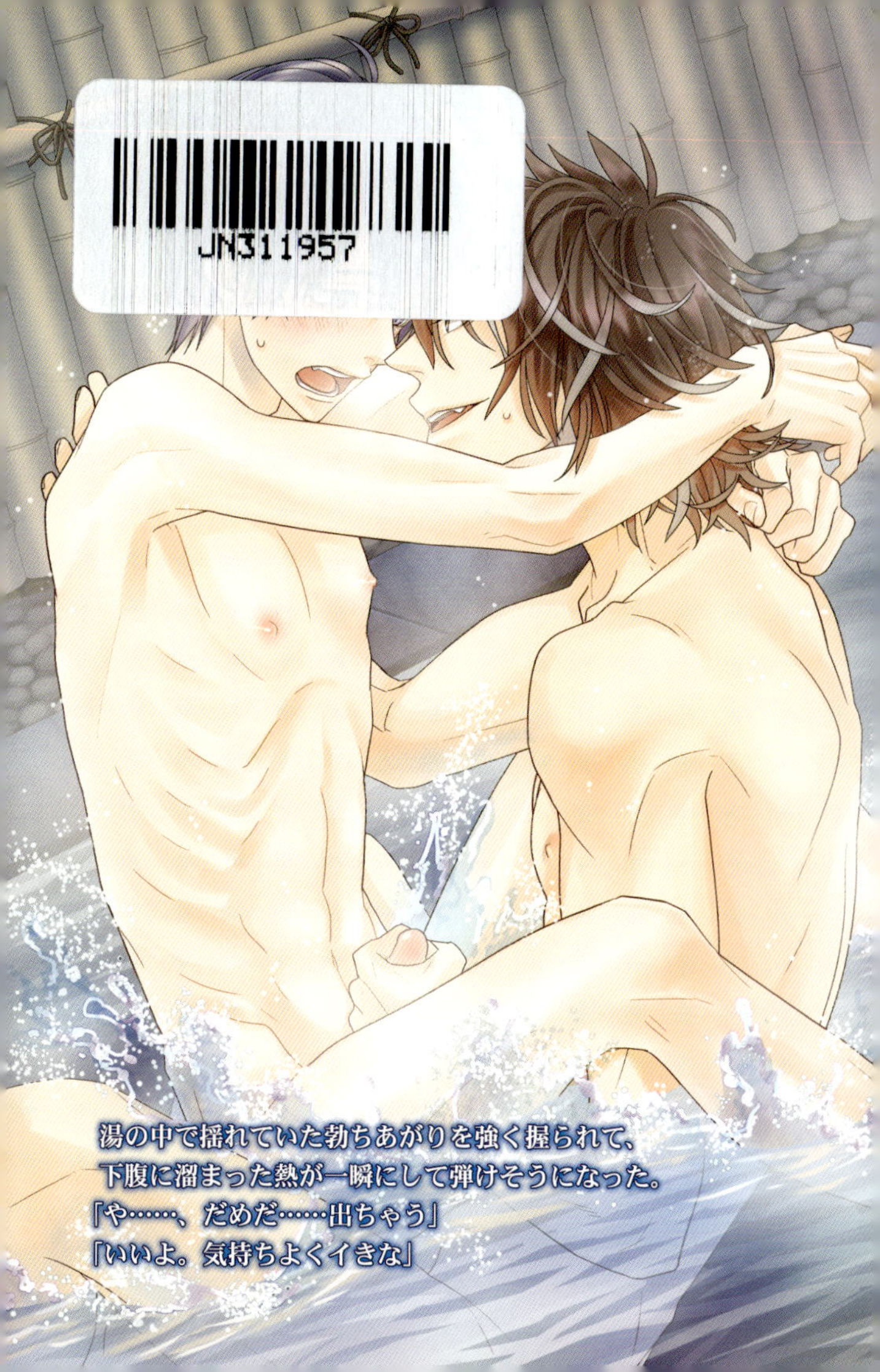

湯の中で揺れていた勃ちあがりを強く握られて、
下腹に溜まった熱が一瞬にして弾けそうになった。
「や……、だめだ……出ちゃう」
「いいよ。気持ちよくイきな」

# 黒猫と銀色狼の恋事情

末森ちや

AZ BUNKO
イースト・プレス

# CONTENTS

illustration 椿

# 黒猫と銀色狼の恋事情

背後で荒い息遣いが聞こえる。

電車の走行音や、周囲のざわめき。普通なら他人の呼吸など、車内では混雑に紛れてわかるはずがない。

だけど聴覚の鋭い凜《りん》には、それがどこから聞こえてくるのか、どのくらいの距離にいるのか、見えなくても正確に感じ取れるのだ。

思ったとおり、興奮して熱のあがった体温が背中にジットリ張りついてくる。いやらしげな息遣いが後ろ首に吹きかかって、腰に固いモノが押しつけられた。

また痴漢《ちかん》だ。

生まれてからの十九年間、痴漢に遭ったことなんかなかったのに、先週からなぜかこれで三度目。最初のときは、隣にいる女性と間違えているのだろうと思ったけど、ズボンの前を触られてターゲットが自分なのだとわかって驚いた。二度目は真正面から股間《こかん》をグリグリ押しつけられて、混雑の中を逃げるに逃げられなくて身震いした。大学までほんの二駅の通学電車で被害はほんの一、二分だけど、たて続けに触られるのはなんだか得体が知れなくて気持ちが悪い。最初はおかしな趣味の男に目をつけられたのかと思ったけど、相手は毎回違うやつなのだ。

身長百七十センチ弱の体は細身でしなやか。クセのない黒髪は柔らかな艶《つや》を帯び、白く華奢《きゃしゃ》なうなじにサラリとかかる。大きな黒い瞳《ひとみ》と、キュートに切れあがった目尻《めじり》。小作りに整った品のよい顔立ちで、猫のように足音をたてない動作が中性的だと言われることはある。

しかし、女と間違われたことはかつて一度もないというのに、これはいったいどうしたことだろうかと、情けないような恥ずかしいようなで身を固くしてしまう。

ギュウギュウづめに近いラッシュの中で、体をずらして逃げてみた。でもせいぜい一歩移動できただけで、男の股間は尻にぴったりくっついてくる。

手がスルリと前に回されて、あろうことかファスナーがジッとおろされかけて焦った。

鳥肌をたてて身じろいだとき。

「人のもん、勝手に痴漢してんじゃねえよ」

すぐそばで威嚇《いかく》するような低い声が聞こえて、背後の痴漢が「グウッ」と苦痛を呑《の》みこむような声を漏らした。ファスナーの前でモゾモゾ動く気配を見おろすと、横から割りこんだ手に捕らえられた痴漢の指が、あらぬ方向に曲がっていた。

ドアが開くと同時に痴漢が背中を丸めて逃げ出し、凛も人ごみに流されて下車駅のホームに降り立つ。

「おい、こっちだ。ボケボケしてんな」

荒っぽいけれど守護するような、乱暴なんだか優しいんだかわからない動作で肩を抱かれ、混雑の波から引っ張り出された。

人のもん――？　ボケボケ――？

ぞんざいな言葉に引っかかりを感じてしまう。でも、助けてもらった礼を言わなくちゃと、ホームの隅で救いの主を見あげて、なんだか既視感《デジャヴ》にも似た懐かしさを感じて凛は首を傾《かし》げた。

「おまえ、男に触られてなにおとなしくしてんだ」

なぜかいきなりの『おまえ』呼ばわりである。

「いや、だって……痴漢されるなんて情けないから。あんまし騒ぎたくないし」

「ばかだな。だからって触り放題させてんなよ。騒ぎたくないなら、黙って玉ぁ握り潰《つぶ》してやれ」

「つ、潰すって……。それより今の人、指、折れてなかった？」

「痴漢の安否なんか知らねえよ」

憤慨《ふんがい》して言う男を、凜はまじまじと見つめた。

百九十センチはあろうかという長身。服の上からもそれとわかる、陸上競技のアスリートかと思うような無駄のない筋肉と肉づき。シャギーの入った茶褐色の髪は毛先が肩につきそうな長さで、ところどころの房がアッシュのグラデーションを描く。灰色がかった透明感のある瞳のはっきりした目鼻立ちが、我の強そうな表情を猛々《たけだけ》しく見せていて、視線の強さもそれ以上に印象的である。

こんな目立つ男なのに、なんとなくの既視感があるだけで、どこで会ったのか思い出せないのは不思議だ。

「前にどこかで会ってるかな？　もしかして、同じ大学とか」

訊《き》いてみると、男はなぜか眉《まゆ》を寄せて見つめ返して答えた。

「経済学部二年だ。片桐大牙《かたぎりたいが》」

「あ、たいが……って大きな牙《きば》って書く？」

「ああ」

「じゃ、吉田《よしだ》先輩と一緒のゼミの」

やっぱりそうか、と凜は納得した。吉田は高校の一年先輩で、『大牙という、名前からして肉食系のワイルドなモテ男が北海道から編入してきた』という話をつい最近聞かされていたのだ。

学部とゼミが同じということは、吉田と一緒にいるところを遠目にでも見て印象が頭に残っていたのだろう。

「俺は国文学一年。高峰凛《たかみね》」

「知ってる。おまえ、親が海外赴任中で今一人暮らしだろ」

「吉田先輩に聞いたの？」

「空《あ》いてる部屋があるそうだな。下宿させてくれ」

「え？　ず、ずいぶん唐突だね」

大牙は、凛から目を離さず強引な調子で背中を押す。

「とりあえずの荷物は持ってきてる。さ、帰ろうぜ」

まだOKもしてないのに、すでに我が家な言いかただ。

「今住んでるのは下宿とかアパート？　もう引き払ったの？」

「ウィークリーマンションだから身軽だ。残りの荷物は明日運びこむから、よろしくな」

なんというか、態度がデカくて強引。そして痴漢の指を折るほど凶暴。でも嫌な感じを受けないのは、透明感のあるきれいな瞳のせいだろうか。自分も乱暴されるかもしれないという危険もなぜかまったく感じない。吉田の友達ということだし、信用して部屋を貸してもいいかという気にさせられる。

家に帰り着いて玄関のドアを開けると、案内する前に大牙は靴を脱いでスタスタとあがった。そして、初めてのはずの間取りにも迷うことなくまっすぐリビングに入ると、テラスの窓から庭を眺めて言った。

「百日紅《さるすべり》、そろそろ花も終わりだな」

凜は、時間がふわりと逆行するような感覚に見舞われた。

「百日紅が好き？」

「まあ、わりと。うちの庭にも植わってるから」

大牙はそっけなく答えると、まるで習慣のようにして、応接セットのコーナーに置かれた二人掛けソファに座ってくつろぐ。

そんな姿を見る凜は、また不思議な懐かしさを感じて首を傾げた。なぜだか大牙と白い毛並みの仔犬《こいぬ》が重なって、幼い頃の出会いと切ない別れを思い出したのだ。

当時、凜はまだ四歳。迷子の仔犬を半年ほど保護していた頃のことだ。

それは、母と公園で遊んでいたときだった。真っ白な仔犬が、ワイヤーのようなもので首を括《くく》って引きずられているのを見てびっくりした。迷い犬がいるという近隣住人の通報で保健所の職員が捕獲したそうなのだが、あまりにもひどい扱いで子供ながらに胸がちぎれそうなほど痛んだ。

　飼い主が現れなかったら殺されてしまうだろうと言う大人たちの話し声を聞いて、全身の血が凍りそうなほど戦慄《せんりつ》したのを、今でもはっきり憶《おぼ》えている。幼児期の成長過程において、初めて出現した動物愛護精神と正義感だったと思う。仔犬の不幸な運命を見すごせず、「殺させない！　ぼくが飼う」と半ベソで訴えて、その場でもらい受けたのだ。

　自分が命を救った仔犬はことのほか可愛《かわい》くて、なにがあっても守ってやらなければと一生懸命に世話をした。『シロ』と名づけて片時も離れずじゃれ合って遊び、一緒のベッドで枕《まくら》を半分こして眠った。シロが人間だったらいいのに、そうしたら二人で幼稚園に通ったり、遠足や運動会も、いつでもどこでも一緒に行けるのにと思っていた。

　半年後に飼い主が現れて、引き渡すときには「別れたくない」と大泣きしたほど大切な、友達以上、兄弟以上の存在だった。

　百日紅の花が満開になったとき、シロは窓際にちょこんとお座りして、まるでうっとりするような目で庭を眺めていた。声をかけると、ソファに飛び乗って尻尾《しっぽ》をパタパタ振りながら鼻先を擦《す》りつけてきた。この庭を見渡せるテラスの窓際とソファは、シロのお気に入りの場所だったのだ。

　人間とペットを重ねるなんて失礼だけど、シロと一緒にすごした半年間は、凜にとって忘れることのできない大切な思い出。くつろぐ大牙を見ていると、シロが成犬になって帰ってきたような気がして微笑《ほほえ》ましくなってしまう。

「下宿っていっても、どうしたらいいのかわからないんだけど」

凜は、コーラを注いだグラスを大牙に手渡しながら訊いてみた。

「ここらの相場の下宿代を払う。食事つきなら、プラス食費ってとこでどうだ？」

「なるほど、家賃と食費か。でも朝はパンとか前の晩の残り物とか……。夕飯に至っては簡単なおかずしか作れないけど。しかもレパートリーは極端に少ない」

「俺、料理はうまいぞ」

「なにが作れる？」

大牙はコーラを半分ほどひと息に飲んで、口元を手の甲で拭《ぬぐ》いながら言う。

「得意なのは和食。嫁にいっても恥ずかしくない」

ワイルドなモテ男の『嫁』発言に、凜は思わず笑ってしまった。

「見かけによらないね」

「俺が食事係をやってやるよ」

それはすごくいいかもしれない。両親が海外に出て以来、おかずのメインはほとんどスーパーの惣菜《そうざい》で、栄養のためにせいぜい野菜を炒《いた》めて添えるていど。もう半年以上まともな手料理を食べていないのだ。凜は、天井の東側を指さした。

「入居成立。そしたら二階の奥の和室を使って。あ、先に掃除したほうがいいな」

「よし、さっさとやっちまおう」

大牙は残りのコーラを飲み干すと、ドラムバッグを手に立ちあがった。面倒《めんどう》くさいことは先に片づける。はっきりした見かけに違《たが》わず、アクティブなタイプのようだ。

大牙を連れて二階にあがろうとして、玄関前で凜はピクと耳をそばだてる。すぐに来客を報《しら》せるドアフォンが鳴った。

「誰《だれ》だろう。洗面所の横の納戸に掃除機が入ってるから、てきとうにやってて」

「おう」

大牙は戸惑《とまど》いもせず、スタスタ階段をあがっていった。

凜が玄関のドアを開けてみると、来客は沖縄に住むイトコ。高峰偕《かい》がふんわりと微笑んでいた。

「久しぶりだね。元気だった？　凜」

「偕さん、突然どうしたの。仕事で上京？　おじいちゃんたちは元気？」

「ああ、みんな変わりないよ」

凜の父は沖縄出身で、偕は古くから続く本家の跡取りだ。一人っ子の凜は、この五歳上のイトコを兄のように慕っている。凜が文学部に進んだのも、東京の大学で司書を目指していた当時の、読書家の偕の影響なのだ。

偕は、玄関にあがると小さくクンと鼻を鳴らした。

なにか臭《にお》うのかと思って、凜もスンと鼻で息を吸いこんでみた。けど、別になにも臭くない。

「実は急に縁談が持ちあがってね、出張ついでにちょっとヤボ用」

「お見合い？」

「まだそこまでは……どうだろう」

「なにか気に入らないの？」

喋《しゃべ》りながらリビングのテーブルに紅茶とクッキーを並べていくと、偕がバッグから可愛らしい箱を出して見せる。

「はい、お土産《みやげ》」

「あ、パルミアのシナモンスティック」

本家の近くにある洋菓子店の手作りだ。シナモンは子供の頃から凜の大好物で、特にこのパルミアのスティックがお気に入りなのである。

「まだ好きかな？」

「もちろん！」

思わず口元を綻《ほころ》ばせて笑う。偕は箱を開けて一本を取り出し、凜の紅茶に浸した。

「ありがとう」

カップを手にとってスティックをひと混ぜすると、爽《さわ》やかな香りが紅茶に溶けるようにして広がる。

「ん〜、一年ぶりの香り」

凜はシナモンの芳香を楽しみながら、湯気のたつ紅茶をひと口、味わってゆっくり喉《のど》に落とした。

「それで、縁談の相手ってどんな人？」

「なかなかの美人さんで、可愛いよ」

「じゃあ、きっと偕さんとお似合いだ」

父親同士が兄弟なだけあって、凜と面差《おもざ》しの似たところのある偕は背が高く細身で身のこなしもしなやか。赤味がかったライトブラウンのストレートヘアは艶々で、切れ長の二重の目元が理知的な美男子なのだ。大好きな自慢のイトコの縁談話に、凜は好奇心満々で知らず浮かれてしまう。

「優しい人だといいね。年はいくつ？　俺も早く会ってみたいな」

でもなんだか、やけに気分が昂揚《こうよう》してきて、縁談話にというより熱に浮かされているような妙な感じがどんどんしてくる。

「そう。とても優しくて、素直ないい子だ」

偕は、凜の隣に移動して座り、体を寄せて顔を覗《のぞ》きこんだ。

スリ……と肩が触れ合う。とたん、凜の皮膚になぜか鳥肌がたち、背筋が震えた。お腹の奥が急に放熱して、全身がゾクゾクと落ち着かなくなった。

「十九歳の大学生で、国文学を学んでる」

「お、俺と同じだね」

「子供の頃から毎年夏休みには遊びにきて、僕のあとをくっついて回ってた」

「え……。そ、それって……」

「すごく、可愛い男の子」

偕は、じっと凜を見つめながら囁《ささや》く。

「弟のように思っていた凜を抱けるか心配だったけど」

偕の顔が間近に迫る。ソファに座った凜の体勢が、ジワリと押し倒されるようにしてそっくり返った。

「問題なくやれそうだ」

「えっ？　まっ、待って……なんで」

凜の体がパタンと仰向《あおむ》けに転がった。いったいどうして、なぜこんなことになっているのか、縁談との脈絡がわからない。逃げなきゃいけない状況だと思うのに、人肌に擦り寄って全身で甘えたい気分だ。

服の上から脇腹《わきばら》を撫《な》でられただけで、反応する体が粟立《あわだ》って力が抜けていく。

「や、偕さん……だめだよ、やめて」

首筋に偕の唇が触れる。焦って抵抗しながらも、どうしようもなく身悶《みもだ》えて偕にしがみつきたくなってしまう。理性が欲に負けそうになって、必死に歯を食い縛った。

と、突然リビングのドアが大きな音をたてて開いた。

半身を起こした偕が、素早く身をひるがえして凜の上から飛び退《の》く。室内に緊張が走ったと同時に、白い獣が宙を蹴《け》って偕に躍りかかった。

次の瞬間、獣に組み伏せられた偕の姿がぐにゃりと変形して消えたように見えた。と思ったら、獣の下から赤毛の猫が飛び出し、床でクルリと回転して身構えた。

喉の奥で唸《うな》り声をあげ、対峙《たいじ》する二匹。白い獣は狼《おおかみ》だ。白というよりは銀灰色で、たてがみのように豊かな首周りだけ、毛先が褐色に彩られている。その足元には、踏みつけられた偕の服。

銀色の狼が牙をむき、赤毛の猫に襲いかかろうと姿勢を低くする。

「大牙っ、いけない！」

凛は思わず叫ぶと、疼《うず》きの消えない体を引きずって立ちあがった。

よろよろしながら狼に駆け寄り、ペタンと座りこむと首を抱いてフサフサのたてがみに頬《ほお》を埋める。この美しく強い獣が大牙だというのは、なぜだか本能でわかった。そして、彼が懐かしいシロだということも——。

「だめだよ。本気で噛《か》んだら、偕さんが死んでしまう」

言いながら、目の前にいる猫が偕だということも疑いなく理解している自分に、凛はわずかな驚きを感じていた。細胞レベルの五感と思考が分離しているような、形容しがたい不思議な感覚だった。

灰色の瞳が、偕をじっと見据える。ふと怒りが和らぐと、フサフサの被毛《ひもう》が数秒とかからず人肌に変化した。

大牙が人間の姿に戻ったのを見て、偕もしなやかな手足を伸ばして変身を解き、抜け殻《がら》のように散らばった服を拾いあげる。

「家の中が犬臭いと思ったら、北の一族か」

「あんたこそ、発情期の臭いがプンプンしてるぜ」

大牙は不敵に応酬すると、警戒しながらも凛から離れ、ドアの前に脱ぎ落とした服を身に着けはじめた。

惜しげもなく裸体をさらした彼らを、凛は啞然《あぜん》として眺めていた。非現実的な現象を見て驚愕《きょうがく》はしている。でも、それより体の奥に残る疼きのせいで、足腰に力が入らない。

「立てるかい？　凛」

着衣を整えた偕が、凛に向けて手を差し出した。

「俺のもんに気安く触るな」

それを叩《たた》き払うようにして大牙が割りこみ、ひょいと凛を抱きあげる。お気に入りの二人掛けソファにおろすと、テーブルに置かれたシナモンスティックを手に取り、鼻に近づけてクンと臭いを嗅《か》いだ。

「マタタビか」

「マ……マタタビ？」

「猫用の媚薬《びやく》みたいなものだ。他にも、アヤしい成分が練りこまれてるな」

大牙は吐き捨てるように言うと、シナモンステックをテーブルに放り投げ、凛を守護する格好で隣にぴったりくっついて座った。

「さすが、警察犬並みの鼻だね」

偕は動じるようすもなく、向かいのソファに腰をおろして悠々と微笑む。

「俺は犬じゃねえ」

「いちおう褒めたつもりだよ」

「ちょっと待って。どうして俺にマタタビを……？」

偕が猫なのは、変身を目の当たりにして不思議なくらいすんなり受け入れた。だけど、自分にマタタビが使われて、しかも簡単に効いてしまうとはどういうことだろう。

凜は説明を聞こうと、大牙と偕を交互に見比べた。

「おまえが猫だからだよ。こいつ、マタタビで酔わせて犯《や》ろうとしたんだ」

大牙は信じられないことを言い放つ。

「俺が……猫？　犯るって……」

「半獣種の話を、お父さんとお母さんから聞いたことがある？」

やんわりと言う偕に、凜は首を傾げながら横に振った。

「我々はね、世界でもほんのわずかしか存在しない稀有《けう》な種族だ。日本では、北に拠点を置く人狼と」

「南の化け猫」

茶々を入れる大牙を、偕は軽くコホンと咳《せき》払いで諌《いさ》める。

「古来より我々は人間に脅威を与えないよう、社会に溶けこみながら並存してきた。群れをなす人狼は、頭領である片桐家に従い、北海道の山間部に開拓した小さな村で生活している。その数は……三百世帯を少し超えるていどだったかな？」

「ああ。村の長《おさ》は俺の祖父《そふ》だ。一族の頭領でもある長の許可がなければ、村の外で暮らすことはできないし、誰も群れを離れようとはせず従ってる」

「はぐれ狼はときに狂暴になることもあるからね。一箇所に集めて統率する片桐のやりかたは、賢明だと思うよ」

偕は、説明しながら大牙に一瞥《いちべつ》を送り、視線を凜に戻す。

「一方、気ままな猫族は単独行動を好み、各地に広がり何代にも亙《わた》って人間と交わってきた。結果、純粋な血が希少になった。変身能力をなくし、自分が半獣だということも知らずにいる者さえ多い始末。そのうえ出生率にも変調が起きて、女が生まれにくくなってしまった。高峰の本家はまだ純粋な血統を保っているが」

「猫は頭も尻も軽いやつが多いからな」

大牙は猫族を快く思っていないのか、偕が年上なのも気にせずデカい態度で言う。

「僕は凜に説明しているんだよ？　大牙くん」

偕は片眉をキリリとあげ、それでも大人の余裕で再度やんわりと諌める。凜はまだ落ち着かない体をモゾモゾさせながら、説明の続きに耳を傾けた。

「このままでは種の存続の危機。猫族の血統を残すため、優秀な高峰の血筋を守るためにも、嫁は混じりけのない純血な相手を娶《めと》らなければならない。と、僕はおじいちゃんに言われた」

偕は穏やかに微笑む。けれど、凛にはその笑顔の行方がわからない。結婚相手となるであろう純血女性に会うために上京したらしいのは理解できているが、なぜ自分のシナモンスティックにマタタビを仕込まれたのか、繋《つな》がりがわからないのだ。

だが大牙はなにか予想がついているようで、凛を脇に抱き寄せ、険しく偕を見据えていた。

「そこで、選ばれたのが凛。君だ」

ますますわからなくて、凛は大きく首をひねった。

「なにに……選ばれたの？」

「僕の結婚相手」

「はぁ……？」

「やっぱりそうか」

大牙が唸るような低い声を漏らすが、凛はポカンとしてしまう。

つまり、猫に変身できる偕は、希少な純血。凛の父は偕の父の弟で、古くから沖縄に根ざした高峰本家の出身。そして凛は自分が半獣だと知らず変身することもなく育った。ということは――母が人間で、自分は血の薄まった猫族なのだろうか。

などと考えてみるけど、やはり実感がなくて、我が身が半獣だとはにわかには信じられない。そのうえ結婚相手だなどと言われたら、もうなにがなにやらさっぱりだ。

「ちょっと、偕さんの言っている意味が理解できないんだけど。だって……俺は男だし、本当に猫族だとしても、血が薄いんじゃないの？」

「いや、君は立派な血統だよ。半獣は七代の間に人間が三人混じると変身能力を失うと言われているが、凛のお母さんの実家も、高峰に並ぶ混じりけのない旧家だ。凛は四歳くらいまで性別がはっきりしなかっただろ」

そういえば……と、凛は話の脈絡を探りながら小さく頷《うなず》く。

四歳までの凛の体には、生殖器の表現型がなかった。男女両方の素因を有してはいたけれど、未分化で判定できなかったのである。まだ性別など気にもならない頃の幼い記憶と、両親から聞いた話を合わせて「そうだったのか」と認識しているていどの、普通の青年男子に育った今ではまるで他人事みたいな過去だ。

「それはね、純粋な血統にまれに現れる特異な体質なんだ。成長するに従い本人の望む体に変わっていき、異性とのセックスにより性別が完成する。個体数が減少した場合などの種の保存本能による出現だという説もあるが」

生物学的な裏づけはない。しかし、種の保存本能の真偽はともかく、由緒正しい血統が絶えようかという今、男女どちらの性も選べる凛が誕生したのは事実。高峰にとって、その存在は救世主も同然。と、偕は朗々とした言葉を続ける。

「凛は、性体験はまだだよね」

「え、なんでわかるの？」

思わず正直に訊き返してしまうと、偕より先に大牙が口を挟んだ。

「匂《にお》いだよ。おまえの体には、成熟したエロい匂いがまだない」

「エ、エロ……？」

「言いかたはちょっと露骨だけど、まあそういうこと。人間の凛は男性体として成長しても、猫のほうはまだ未成熟のまま。セックスを知らない今なら、同族の雄《おす》を受け入れれば子供を産む女の体に変えることができるんだ」

学者肌の偕はさも簡単なことのようにサラリと解説しているが、あまりにも非現実的すぎて凛は呆然《ぼうぜん》としてしまうばかりだ。

「で、じじいに言われて凛を孕《はら》ませにきたのか」

「いちいち下品だね。そういう君は、この子のなんなの」

「凜は俺のもの。俺も、凜のものだ。あんたに出る幕はねえぜ」

偕は人差し指をこめかみにあて、大牙から凜へとゆっくり視線を移す。それは本当か？という、真偽を問う表情だ。

「えと、大牙は……ほら、ずっと前に話したことがあったでしょ。子供の頃に保護してたシロなんだよ。今日からうちに下宿するんだ」

「ああ、迷子の仔犬の……。狼少年だったのか。それで、恩返しにでもきたのかな？　凜は、犬のシロを可愛がる以上の感情を君に持ってないように見えるけど」

「よけいなお世話だ。俺たちにはな、他人にはわからない深い絆《きずな》があるんだよ。あんたのほうこそ、発情したわりに恋愛感情らしきもんはなさそうだが？」

睨《にら》み合う彼らは、あまり相性がよくないらしい。大牙は牙をむく勢いで応酬した。

「まあ、弟みたいなものだから。シナモンにマタタビを仕込んだのは、自分が凜に反応するか試してみたかっただけ。予想以上にその気になれて、我ながらびっくりだ。凜が僕の子を産んでくれるなら、妻として大切にしてあげられる」

「これだから猫ってのは」

大牙は忌々《いまいま》しそうに舌打ちする。

「そうやって誰とでも簡単にホイホイくっつくから、貴重な血が薄まっちまうんだ」

「情熱がフラットなんだよ、我々は。相手が誰でもいいってわけじゃない」

「猫族と狼族って、もしかして仲が悪い？」

「悪いっていうか……。彼らは、眷属《けんぞく》であるニホンオオカミを絶滅させるに至った一因の人間をあまり快く思ってない。だから、フレンドリーに人間社会に溶けこんでいる猫族のことも敬遠してるんだ」

なるほど、と思いながら隣に座る長身を見あげると、大牙は男らしい眉をキリリとつりあげて言う。

「俺は違うぞ。こいつのことだって、ほんとは叩き出してやりたいところだが、凜のイトコだと思って我慢してやってるんだ。おまえの望まないことはしないぞ」

「はは……それは光栄だ」

偕は皮肉っぽく苦笑いする。でも困惑しっぱなしだった凜は、気持ちが少し緩んだ。

立派な若狼に成長したけど、片時も離れずじゃれ合ったシロは今でも変わらない。大牙がさっき言ったように、自分たちの間には友達や兄弟以上の絆があるのだと感じて、嬉《うれ》しくなった。

「父さんと母さんは、このことは？」

「いちおう報告しておいた。凛が納得して決めたことには反対しないと言ってたよ。でも心配そうだったから、あとで電話してあげるといい」

「うん……。本当に、俺の他にはいないの？　捜せばどこかに」

「各地に広がりすぎてて、これから拾い出すのは難しいだろうね。実は、花嫁候補は一人いたんだ。凛の母方のイトコ」

「あ、比奈《ひな》ちゃん？」

凛は、何度か会ったことのある幼い面影を思い出して、肩を落とした。

叔母一家は北海道一周のマイカー旅行中に山中で事故に遭い、不幸にも全員が亡くなってしまった。対向車と接触した弾みでガードレールを突き破り、渓谷《けいこく》に転落したのだ。当時六歳だった比奈は、川に流されたまま行方不明で、生存は絶望的。悲嘆にくれる母を励ましながら葬儀に参列したのは、わずか一年前のことだ。

叔母の嫁ぎ先である九州の箱崎《はこざき》家は、高峰に次ぐ資産家。由緒正しい家同士が姻戚《いんせき》を結べば、きっと血統も盛り返す。比奈が生きていれば、偕とは二十歳近く年齢が離れているけれど、さほど無理のない縁談だったろう。

花嫁候補を失った今。高峰の将来に危機を覚えた年寄り連中が相談した結果、凛の存在が浮上したというわけだ。

「無理強いはしたくないけど、凜が僕に嫁いでくれたら嬉しいな」

「凜は女にならない！」

凜の代弁だというふうに、大牙が横から声をあげる。が、偕は無視して言葉を続ける。

「でも、分家筋から噂《うわさ》が外に漏れたらしくてね。曲解した連中が凜を狙《ねら》って動き出しているようなんだ」

「噂を曲解して……俺を？」

「本家の守る土地と財産はかなりのものだ。蔵の中にも、売ればひとつ数百万という骨董《こっとう》品や美術品がつまってるだろう。『それらはいずれ凜の産む子供が継ぐ。ということは凜に子供を産ませた者が高峰の財産と実権を手に入れられる』っていう、伝言ゲーム的に曲がった噂」

「そんなばかな。嫡子の偕さんを差し置いて、他人が財産を自由にできるわけないじゃない」

「そう、勘違いな連中。そんな頭の悪い輩《やから》が、不埒《ふらち》な目的で凜の周りに集まってきてると思うが」

と聞いて、凜は「あ」の形に小さく口を開いて視線を宙に浮かせた。

「すでに心当たりがあるようだね」

「最近……痴漢が……」

偕は、聡明《そうめい》に整った顔を不快そうにしかめた。

「程度の低いやつらだ……。これで人狼がそばにいると知ったら、焦ってどんな強行に出てくるか」

「心配ねえよ。凜は俺が守りきってやる」

「君のようすだと、噂は北の一族の耳にも入っていたのかな？」

「ああ。だから急いでこっちの大学に編入した。虫どもを蹴散らすために」

「そうか。そうだな……、とりあえず」

偕はソファの背もたれから姿勢を起こし、真剣な表情で凜と大牙を見比べる。

「僕は仕事で、そろそろ出なきゃいけないんだが。二、三日で片づくから、そうしたらすぐ戻る。その間……」

「三日と言わず、仕事がすんだらさっさと沖縄に帰れ。もう戻ってくんな」

大牙は不敵に言うが、まったく気にしない偕はまたも相手にせず。

「君も心配の種のひとつなんだな」

感情を抑えた唇に、わずかな作り笑いを張りつける。

「凜にご執心だけど、まさか不埒なことに及んだり」

「してあたりまえだろう。俺たちはそういう関係だ」

「えっ?」

凛のほうが思わず疑問符の声をあげてしまった。

「いやいや。違うでしょう、凛の愛犬シロくん。この子の頭はまだ混乱中だし」

そのとおりである。凛にとっては突然の再会で、ついさっき大牙が懐かしいシロだと判明したうえに、我が身に降りかかる一大事を聞いたばかりなのだから。

「なにも知らされずに育った凛には、これはとてもデリケートな問題だよ」

「わかってるさ」

「色事の経験もない子なのに、強引に奪うのは勘違い連中と同じ、犯罪にも等しい悪質な行為だ。愛しているなら、気持ちを尊重して大切にするのは当然のこと」

「も、もちろんだぜ」

「僕は、凛がその気になるまで待つ。君も、真剣に凛を想うなら待てるはず」

「う……」

「だから、僕が戻るまで不埒なことはしないと、約束してもらおうか」

偕は上目遣いで身を乗り出し、穏やかだけれどはっきりした言葉を突きつける。なまじ容姿と仕種《しぐさ》が秀麗なだけに、整然とした押しの強さは底が知れない。

「凛が望まないことは、しない、と言ったよね。凛の嫌がることは、しないんだよね？」

ひと言ずつ、ゆっくり区切って言う偕のキャッツアイが、鋭い光を放った。

「そ……そうだな」

ここは穏便に流しておいたほうが、面倒がない。そう判断したのか、大牙は渋々ながら頷いた。


偕を玄関まで見送ったあと、凛は甘ったるい感覚の残る体をソファの背もたれに投げ出した。

「父さんと母さんは、どうして教えてくれなかったんだろう」

「別に隠してたわけじゃないぞ」

「え……それって……」

凛は、目の前に立つ大牙に訊《たず》ねる視線を向けた。

「半獣は、自分が獣だと意識すると変身能力が現れる。でもそれは人間社会で生活するのに必要ない、子供のうちから種族間の壁なんていう先入観を植えつけたくないと、凛の両親は考えていた。だから、血統なんかに囚《とら》われず生きてほしいと願って、あえて言わなかっただけだ」

　大牙は凜の隣に座り、十五年前を思い出しているような懐かしげな瞳で見つめてくる。

「父さんと母さんが、大牙にそう説明したの？」

「二人が話してるのが聞こえたんだ」

「大牙は、うちが猫族だって知ってた？」

「匂いでな。凜の母さんも、最初から俺が人狼だとわかって保護してくれた」

「なにも知らなかったのは俺だけか……。それにしても、人間なのに保健所送りなんて恐ろしいね」

「ああ、怖かったたな。俺もガキだったたから、どうしたらいいかわからなくてパニックだった。あれは、親父《おやじ》に連れられて初めて村を出た日だ。念願の飛行機に乗れて浮かれてたんだろうな。東京で起業した叔父を訪ねる途中だったんだが、ちょこまか勝手に走り回ったもんで、人ごみではぐれて迷子になっちまった」

　そして、まだ五歳だった大牙は心細さのあまり狼に変身して、匂いをたどって父を捜そうとした。しかし雑多な都会では匂いなどかき消され、さまよったあげく父から遠く離れた場所で保健所に通報されて、捕まってしまったというわけだ。

「実は、親父が俺を捜しあてて迎えにきたのは、保護された三日後だった」

「え、でも半年近くうちにいたじゃない」

「帰りたくないって、ゴネたんだ。凜の父さんと母さんは理解があって優しくて、この家はすごく居心地がよかった。俺は凜のことが大好きで、凜と一緒に暮らせるならずっと犬のままでもいいと思ってた」

「うん。俺もシロ…じゃなくて、大牙のこと大好きだよ」

「俺たちの気持ちは、出会ったその日にひとつになっただろ」

「そうだね。離れるのが辛《つら》くて、大牙がいなくなったあとすごく泣いたなあ」

一緒にすごした日々を愛《いと》しむ想いは、凜も同じだ。大きな目を細めて言うと、大牙は覆いかぶさるようにして凜に身を寄せた。

「半年ねばったが――、凜のそばにいたいならペットでいちゃだめだと、凜の父さんに言われて俺は考えなおした」

人狼である大牙の成長は犬と異なる。人間を捨てて狼の姿のまま育っていけば、いずれ人としての意識よりも野生の本能が強くなる可能性が高い。そうなると、一生を凜のそばで暮らすのは難しくなる。シロでいるよりも、片桐大牙として生涯を通じて堂々とつき合っていくことを考えたほうがよいのではないか。と説得され、小さな頭で一生懸命に考えた大牙は、出なおす決意をして北海道に帰ったのであった。

「凜が男になったのは、俺のためだったろう」

「え」

「仔犬のシロを守ろうという意志が、おまえの体を男に変化させたんだ」

「それは……」

言われてみれば、確かにそうだったかもしれない。保健所送り寸前で脅《おび》えていた仔犬がかわいそうで、子供心にも守ってやりたいと強く思った。それが男としての自我の芽生えに繋がったのだろうか。シロとすごす日々の中で、急速に体が変化していったのを憶えている。

「だから、俺は凜のもの。おまえも、俺だけのもの」

覆いかぶさる大牙が、凜をズイズイ圧迫する。はっと気づけば、仰向いた姿勢が押し倒されて、ソファに埋まっていた。

「この十五年間、おまえのことばかり考えてた。早くこっちに戻りたかった。けど、うちのじじいがなかなか許可しやがらないんで、とりあえず地元の大学を卒業することにしたんだ。自立して一人前になれば、なにをしようが誰にも文句は言わせないから」

「う、うちの大学に一発編入するなんて……優秀だね」

「当然だ。凜のために男を磨いてきたからな」

言う大牙の手が、しだいに熱を帯びていく。

「凜を女にする争奪戦が始まったって噂を聞いて、慌てたぜ。うるさいじじいを押し切って上京したら案の定。盛った雄猫どもがうろついてるし、噂の真相は本家長男との縁談だったわで、もう焦りまくりだ」

「……っ」

脇腹をつかむようにして撫でられて、凜の肩がビクリと震えた。

「俺のために男の体を選んでくれた凜が好きだ。愛してる。なにがあっても女になんかさせない。今さら猫の嫁になんかくれてやらない」

言う熱い吐息が、唇に吹きかかる。

「大牙。そ、その手はなに」

撫でる手がシャツの中に潜りこんできていた。逃げようのない組み敷かれた格好で、凜はジタバタもがいてしまう。

「そういうことはしないって、偕さんと約束したじゃないか」

「嫌なのか?」

「いっ、嫌とかの話じゃなく……っ」

大切なシロとの思い出は、一日だって忘れたことがない。幼い頃に助けた仔犬が立派に成長して戻ってくれて、こんなにも慕ってくれるのは嬉しい。だけど、なにもかもがいきなりで混乱してしまって、熱烈な口説《くど》きになんと応《こた》えたらいいのか困惑するばかり。感動的な再会を飛び越してこんな体勢に持ちこまれて、現状にまだ思考と感情がついてきてないのだ。

「最後までやるわけじゃない。ちょっと味見だけだ」

「ちょ……ちょっともいっぱいも同じだろ。や、やめろよ？」

大牙はテーブルに手を伸ばしてティーカップを取り、凜の飲み残した紅茶を口に含み唇を重ねた。

「ん……」

紅茶に溶け出したマタタビの芳香が、ジワリと鼻腔《びこう》を刺激した。それだけで体の芯《しん》が落ち着かなくなるというのに、口移しで喉に流しこまれて、治まりかけていた昂揚がザワザワとぶり返した。

「ひ……人の弱点……利用して」

脱力した声が鼻にかかる。不思議な猫の習性。これを使われると腰砕けになってしまうのである。

「卑怯者《ひきょう》ぉ……」

「自分のもの味見してどこが悪い」

ジーンズの前を開かれて、甘い開放感に思わず背筋を反らした。

「あ……やめろって、……ん」

言葉だけ抵抗しても、再び唇を重ねられたら意識せず貪《むさぼ》ってしまう。下着の中に手が侵入してくると、下腹がゾクゾク疼いてあっという間に下腹部が固く張った。

絡ませ合う舌が艶めかしい水音をたて、凜の唇から蕩《とろ》ける呼吸が漏れた。キスが離れるといてもたってもいられなくて、大牙の首筋にむしゃぶりついて皮膚を思いきりちゅくちゅく吸った。

「だめ……女に……なっちゃ……う」

「ならないさ。女になるのは、そう意識して猫族とやったときだけ。おまえがもう一度男になることを選んで俺に抱かれれば、今度こそ完全な男になれるんだ」

「大牙……と?」

知らない男に犯される想像をすると、おぞましくて身震いしてしまう。でも今、自分の体に触れているのは大牙。初めての官能を引き出している手が大牙のものだと思うと、なぜか安心して心が蕩けていく。

「だから、早く凜の全部を俺によこせよ」

「や……ん……んっ」

勃《た》ちあがったソレを握られると、全身が強い欲求に震えた。もっときつく扱《しご》いてほしくて、大牙の掌《てのひら》に擦《こす》りつけるようにして、浮かせた腰を揺らした。

「あっ……っ」

マタタビ紅茶を口移しで飲まされてから三分とかからなかったろうか。恐ろしいほどの勢いで昇りつめ、大牙の手の中に熱い体液を吐き出した。

ふさふさの感触が、パジャマのまくれあがった腹をくすぐる。思わず身をよじって目を覚ますと、狼の尻尾がお腹の上に乗っかっていた。

夜中にベッドに潜りこんできた大牙である。ランニングにトランクスという人間の姿なのに、尻尾と耳が出ている無防備な寝相だ。

眠っている間はいつでもどこでもこんな中途半端な化け姿なのだろうかと、心配になってしまう下宿生活も三日目。

「大牙……、尻尾がくすぐったい」

隣で眠る大牙に声をかけると、ふさふさの尻尾がパタパタと振れる。

「いつの間に入ってきたんだよ」

言って起きあがり、尻尾をキュッとつかんでやる。狼の耳がピクリと動いて、寝惚《ねぼ》け眼《まなこ》の大牙が手の甲で目元を擦りながら半身を起こした。

「耳と尻尾が出てるよ。寝てるときって、いつもそうなの?」

指先でピンと軽く耳を弾《はじ》いて訊いてみると、大牙がプルンと頭を振った。

「ああ……めったにないんだが……。凛と一緒に寝るのが気持ちいいからかな」

リラックスしすぎてつい出ちゃった、といったところらしい。

「夜中に潜りこんでくるなよ。大牙はデカいんだから、ベッドが狭いだろ」

「ふぁ〜あ。さて、朝メシ作るかな。シャケでも焼くか」

凛の文句なんてどこ吹く風で、大牙は大あくびしながら言う。

野性味溢《あふ》れる大人に成長しても、こんな寝起き姿はやはり仔犬のシロと重なって見えて唇が綻んでしまう。シロは昼寝も夜もいつも横にぴったりくっついて眠って、目が覚めるとこんなふうに顔が引っくり返りそうな大あくびをしていたのだ。

懐かしい毛皮の感触を思い出して、凛はソワソワと身を乗り出した。

「その前に、ちょっとさ……。変身してみて？」

言った瞬間、大牙の体がシュッと小さくなったと思った次には、銀灰色の狼が出現していた。

「うはっ」

すかさず首に抱きついて、被毛の実感を確かめた。表面はちょっとゴワゴワだけど、指を差し入れると中はフカフカだ。

「大人になったんだねえ、シロ。抱き心地がガッシリしてる。でもかわいい〜。気持ちい

～」

豊かなたてがみに顔を埋め、すりすりと思いきり頬を擦りつけてみる。すると大牙も、凛の耳の後ろやら首やらに鼻を擦りつけながら、ペロペロと舐《な》めて返してくる。

「子供の頃は、シロが人間だったらいいのにっていつも思ってたけど、夢が叶《かな》っちゃったなぁ」

言いながらところかまわず撫でくりまわして毛皮を堪能《たんのう》していると。後ろ足で立ちあがった狼の両前足を肩に乗っけられて、グイィっとのしかかられた。

「うわ、重……っ」

成犬――、いや、成狼は力が強くて意外に重い。

あっという間に引っくり返されて、天井を仰いだ視界に人間の姿に戻った大牙の顔が映った。

スプリングで背中がボヨンと跳ねて、押しつけられた体がベッドに深く埋まる。

三日前の、ソファで不埒なことをされたときと同じ。組み敷かれる格好に持ちこまれていて、凛は慌ててしまった。しかも、変身で体型が変わる拍子に着ているものが脱げ落ちてしまうので、今の大牙は素っ裸だ。

「俺も凛の抱き心地を楽しみたい」

胸から足までぴったり乗られて抱きしめられて、ジタバタともがいた。

「なにするんだ、こら」

「朝っぱらから熱烈にハグされちゃ、お返ししたくなるってもんだろう」

大牙は、ついさっき凜がしていたように、首筋に顔を擦りつけながら胸だの腰だのを撫でくりまわす。

「パ、パンツん中に手を入れるな」

また大事な部分を握られそうになって、渾身《こんしん》の力で大牙を突き放し、必死にベッドから抜け出した。

引き戻そうと追いかけてくる長い腕を振り払い、思わず。

「待て！」

しつけのコマンドを発動する。と、反応した大牙がピタリと動きをとめた。

シロを飼っていた当時、幼いながらもトレーニングの真似《まね》事をして『待て』『お座り』『お手』を教えた凜なのであった。

「お座り！」

次のコマンドを発すると、大牙はベッドの上にぴょんと正座して凜を見あげる。

「う……よ、よし」

十五年前とは似ても似つかない鋭い目つきなのに、なぜか仔犬のつぶらな瞳に見えて胸がキュンとしてしまった。しかし、また変身させて毛皮にかぶりつきたくなったけれど、ここで気を緩めたらなし崩しになりそうで怖い。

「俺は先に歯を磨くから、大牙はさっさと服を着なさい」

命令調で言って、一目散に部屋を飛び出した。

洗面所に入ると「はぁ～」と大きなため息をつき、鏡の前で歯ブラシを咥《くわ》えた。

実は、自分には由緒正しい半獣の血が流れている。外資系企業に普通に勤めている父も実は猫。普通の主婦である母も猫。そして、幼い頃に性別が未分化だったこの体は、同族の男と交わることで女になってしまうらしい。我が身が猫だなんて信じられないけど、国際電話で両親に確認したからこれは事実。

男の意識を持って抱かれれば完全な男になれる、そうすればやつらも凛のことをあきめるしかない、だから早く俺のものになれ、と大牙は言う。

まるで、同族の男に抱かれるか、大牙に抱かれるかの二者択一だが……。十五年間を男として成長してきて、今さら女になんかなりたくはない。だからといって大牙を受け入れるのは、どうだろう。

性体験どころか交際経験もない凛にとって、告白してお互いの気持ちを確かめてそれから——という段階をすっ飛ばしていきなり抱かれろと言われても、困惑するばかり。

大牙のことは好きだけど、そんな感情はシロを愛しいと想う気持ちの延長であって、それ以上の関係は今の凜には想像できないのだ。

でも……。

大牙の手で達したときのことを思い出して、下腹の奥が熱をあげトクンと脈打った。

あれはマタタビの効果だけじゃない。偕に押し倒されたときとは違う心地よい感情が、確かに存在していた。だから欲の流れに任せ、大牙に身も心も委《ゆだ》ねたのだと思う。

あの感情、あの蕩ける感覚は、いったいなんだったのか……。

凜は問いかけるように、鏡に映った自分の顔を見つめた。

銀灰色の、たくましく美しい獣——。

偕は赤毛のしなやかな猫だったけれど、自分が変身したらどんな姿になるのだろう。

想像してみても、未知すぎてなにも浮かばない。凜は、ぼんやりした視線を棚に移動させ、磨き終えた歯ブラシをしまった。

着替えをすませてキッチンに入ると、オタマを握った大牙がさっさと食えと、お椀《わん》を差し出す。長身にぴったりサイズのエプロンがやけに似合っていて、それが料理の腕前を物語っているようだ。

「いい匂い」

受け取ったお椀は、ワカメと油揚げの味噌《みそ》汁。おかずは塩ジャケと、ほうれんそう入りミニオムレツ。それと箸《はし》休めに作りおいた大豆の甘露《かんろ》煮。漬物《つけもの》に自家製海苔《のり》の佃煮《つくだに》まであって、充実した朝食である。

「母さんの料理より美味《おい》しくて立派。毎日食べすぎて太りそうだ」

「運動が足りてれば太らねーよ。今夜はこってり中華でいくぜ」

「うう、楽しみ」

オムレツを口に入れると、バター醤油《しょうゆ》の和風な味わいが舌に広がる。

作った本人は今さらなんの感動もないのだろう。よく味わいもせずパクパクとかきこむ大牙を見ながら、こんな美味しいご飯を一生食べられたらいいなと思ってしまう。

相手が大好きなイトコの偕であっても結婚なんて考えられないけど、大牙となら……とチラリと夫婦生活を想像して、オムレツをゴクリと飲みこんだ。

いやいや、たとえ半年であっても元飼い主。餌付《えづ》けされてどうする。

と、プルプル首を横に振る凜であった。

「よお、高峰。片桐が下宿したって？　うまくやってる？」

昼食後、西館から南館への移動中、裏庭で声をかけられた。

「あ、吉田先輩」

一年上の吉田は、高校の委員会で指導力を発揮していた面倒見のいい男だ。

「大牙は料理上手なんで、食事係やってもらってますよ」

「へえ。あいつ、けっこうフェミニストだからな。家事くらい平気でやるのかもな」

「フェミニスト？」

「口は悪いけど、女を労《いたわ》る日本男児ってカンジでさ」

「女の子に優しいんですか」

大牙が口は悪いけど優しくて、ワイルドな見た目を裏切るかいがいしさがあるのは知っている。でも、それは自分に対してだけだと、なぜか勝手に思いこんでいたから、フェミニストだなんて意外だ。

「無愛想な顔してさりげなく親切だったりするから、女子が群がっちゃうんだよな。そのうち高峰の家まで押しかけてくるかもよ」

「そりゃ、迷惑ですね……はは」

押しかけられるくらい女子に気安くて、優しいのだろうか——。調子を合わせて笑いながら、凛の胸に面白くない感情がよぎった。その感覚には覚えがあって、声が少し沈んでしまった。

いつもべったりのシロが、一度だけ母の膝《ひざ》で寝ていたことがある。仔犬とはいえ当時の凛の小さな膝には乗りきれるはずがない。だけど、わかっていても自分以外の膝でくつろぐのが面白くなくて、ふくれてブチブチ文句を言ってしまった。そんな、子供の頃の独占欲に似た感覚だ。

「お、そろそろ講義が始まる。来月あたり、飲み会の予定たててるんだ。決まったらおまえも誘うよ」

「あ、はい。参加できたら」

「じゃ、またな」

バイバイの手を軽く挙げ、お互い逆方向に向かって足を向ける。

三歩と進まないうちに、「おっと、すまん」という吉田の声が聞こえて振り返った。

ちょうど通りかかった三人連れの男にぶつかってしまったらしい。

凛は南館のほうに向きなおり、どうしてだか重くなる足を、ノロノロ踏み出した。飲み会に参加したら、きっと大牙目当ての女子が群がってくるだろう。想像すると、ちょっとうっとうしい。なんだか複雑で悩ましい感情が胸を覆う。

考えるともなくぼんやり俯《うつむ》きがちに歩いていると、両脇に男の気配がピタリと迫って進行を妨げられた。

いったいなにかと思って顔をあげたとたん、きつく腕をつかまれ、口も手で塞《ふさ》がれて、

「おとなしくしろ」と凄《すご》まれた。

ついさっき、吉田とぶつかった三人の男だった。二十代後半か、三十は越えているだろうか。学生にしては、三人揃《そろ》ってやけに老《ふ》けて見える。

抱えあげるようにして引きずられて、ジタバタもがく足が地面から浮いた。

すぐ近くの物置小屋に連れこまれて凛はゾッとした。廃品ばかりをつめた物置には、用事のある人間なんてめったに訪れない。講義が始まれば人気《ひとけ》も途絶《とだ》える寂れた一角で、泣こうが喚《わめ》こうが助けなど期待できないのだ。

「俺になんの用だ」

せいいっぱい気丈な声で立ち向かうけど、彼らの目的はわかってる。学内には大牙がいるし、友達や人の目があると思って油断していた。ちまちまと電車で痴漢してたのが、ま

さかキャンパスにまで入りこんで、こんな暴挙に出るとは予想もしなかった。

男の一人がニヤリと笑い、ポケットから細いロープを引っ張り出す。

凜は、彼らの次の行動に備えて身構えた。

しかし、三人がかりで囲まれては力が及ばない。逃げようと飛び退いたけれど間に合わず、捕まって後ろ手に縛られてしまった。そのまま壊れかけた会議机に仰向けに乗せられて、肩と両足を押さえつけられる。

「やめろ、離せよ。あんたたち、勘違いしてるんだ」

必死に声を張りあげると、目の前にガムテープがニュッと現れて、口に貼《は》りつけられた。

「おまえの返事は首を縦に振ることだけ。喋らなくていい」

言いながら、男が凜のシャツのボタンをナイフで弾き切っていく。

「片桐大牙の前から消えろ」

え――？

凜は耳を疑った。自分を結婚相手に選んで子供を産めとでも言うのかと思ったのに、唐突に大牙の名前が出て、彼らの目的がわからなくなった。

どういうことか訊きたいけれど、ガムテープが強力で口が動かせない。無理に喋ろうとすると、皮膚が引きつれてひどく痛む。

「猫のくせに、人狼の頭領の跡継ぎを誘惑するなんざ生意気なんだよ」

「大牙と別れて、沖縄でとっとと女になっちまえ」

凜は驚きで目を見開いた。

彼らの体から微《かす》かに漂う、猫でも人間でもない異質な臭いに気づいたのだ。この男たちは、高峰の資産を狙って凜を犯しにきた猫族じゃない。

「言うことを聞かないと、狼の怖さを思い知ることになるぜ」

ボタンを失くしたシャツが、乱暴に引き開かれた。

この男たちは人狼。北海道に住む狼の血族だ。それがなぜ、わざわざこんなところにまできて、大牙と別れろなどと強要するのだろう。

「もう一度、言う。黙って大牙の前から消えろ。今すぐ」

彼らの目的の理由も、この状況の意味もわからないのに、脅されるまま素直に首を縦になんか振れない。納得いく説明が聞きたい。せめて話し合う余地をくれ。そう訴えたくて、凜は懸命に喉の奥で声を振り絞った。

「強情だな」

平手が痛烈な音をたて、凜の頬を襲った。衝撃で顔半分が痺《しび》れ、それがはっきりした痛みに変わると、塞がれた口の中に血の味がジワリと滲《にじ》んだ。

ナイフの先が、露《あら》わにされた胸元にあてられる。後ろ手に縛られた両腕が背中の下敷きになっていて、軽く肩を押さえられているだけなのに動けない。乳首を抉《えぐ》るような仕種をされて、凜は逃げきれない絶望感に慄《おのの》いた。

「殺しはしないさ。だが、痛みと屈辱にいつまで耐えられるか」

「傷のひとつやふたつは、一生残るかもしれないぜ。嫌なら今のうちに首を縦に振れ」

男たちの手が、凜のジーンズを脱がそうと伸びてくる。

これはリンチだ。大牙との別れに応じるまで、ジリジリといたぶり続けるつもりなのだ。開かれたジーンズが腰までずり下げられ、ナイフの刃が下着の中に潜りこむ。臍《へそ》の下方をヒタヒタとなぶられて、冷たい感触に凜は思わず身を竦《すく》めた。

「どうしても聞かないってんなら、最後は男の部分を切り取っちまおう。そうすれば、嫌でも女になる」

ここで「うん」と首を振れば、彼らはやめてくれるのだろうか。

でも理不尽な暴力に屈したくはない。解決策を必死に考えようとするけど、焦りと恐怖が入り乱れてパニック寸前だ。

男の一人が自分のモノを取り出そうと、舌なめずりしながらズボンのベルトを外す。

その手がふいにとまり、三人が顔を見合わせ耳をそばだてた。

ドアの向こうから足音が聞こえたのだ。聴覚の鋭い凛には、それが誰の足音だかすぐにわかった。

男たちが飛びあがるようにして振り返ったと同時に、けたたましい音をたててドアが開いた。その荒々しい勢いは、噴き出す怒りの塊《かたまり》をぶつけたかのようだった。

「てめえらっ！」

大牙が怒鳴り声をあげ、牙をむく。鋭い瞳が業火《ごうか》を燃やし、豊かな髪がザワリと動いた。狼に変身する直前の体勢だ。

「うわわ、大牙」

「ひ、ひどいことはしない。ちょと脅かすつもりで……」

「じじいの命令か」

低く唸って大牙が踏み出すと、男たちは腰を屈《かが》め、頭を低くして脱兎《だっと》のごとく物置の外に逃げ出した。

その慌てまくった足音が、あっという間に遠のいていく。一瞬、追いかけようとした大牙だったが、踵《きびす》を反して急いで凛に駆け寄り、会議机の上の無残な姿を助け起こした。

「凛、大丈夫か。無事か？」

背中を支え、口に貼られたガムテープをはがしていく。

「ひた、ひたたぁ」

　ほっぺたと唇が粘着剤に引っ張られ、最後にビッと勢いよくひっぺがされて、一緒に皮膚までむけたかと思うほどヒリヒリした。

「そんな、容赦なくはがしたら痛いじゃないか」

　ロープもほどいてもらうと、両手で口の周りを覆って思わず文句を言ってしまった。

「怪我《けが》はないか？　まだなにもされてないな？」

　大牙は頭のてっぺんから足の先まで素早く無事を確かめ、ホッとした表情で凜を胸に抱きしめた。

「うん、ちょっと脅されただけ。さすがに怖かったけど、大丈夫」

　難が去っても、残る恐怖で指先が小さく震えてしまう。でも、抱き合う格好で大牙の体温を感じて、不思議なくらい胸がスウと落ち着いた。

「はあ……、間に合ってよかった」

「きてくれてありがとう。でも、よくここがわかったね」

「吉田の体に同族の臭いがついてた。片桐が統率している人狼は都内に数人しかいない。それも、長老会で認められた人格者ばかりだ。あんなやつらがここにいるはずないんだ」

　さっき偶然ぶつかってしまったときに、彼らの臭いが吉田についたのだろう。嗅覚《きゅうかく》の優れた大牙は、凜と別れた場所と状況を吉田から聞き、慌てて臭いのもとをたどって助けに駆けつけたのだった。

「殴られたのか。くそ、あいつら」

大牙は、打たれて赤くなった頬を目ざとく見つけ、血の滲んだ唇のはしを舌先でペロペロと舐める。

「くすぐったいよ……。あの男たち、大牙の村の人？」

「いちおう青年団みたいな役割のやつらだが」

「猫族だと思ったのに、狼だなんてびっくりした」

「怖い思いをさせて悪かった。たぶん、うちのじじいの差し金だ」

「大牙のお祖父《じい》さん？　どうして……」

「俺が凜と一緒に暮らすのが気に入らないんだ。俺は子供の頃から、村を出て凜と一緒になると宣言してた。今回のことで反対を押し切って上京したから」

そういえば、「狼族はニホンオオカミを絶滅に至らせた一因である人間を快く思っていない。だから人間社会に溶けこんで暮らす猫族のことも敬遠している」と、偕が言っていた。

頭領の跡継ぎである大牙が村を捨てて猫のもとに走るのは、祖父にとって納得しがたいことなのだろう。

「そうか……。それで、大牙と別れろだなんて、トンチキな脅しをかけてきたのか」

「姑息《こそく》なことしやがって。別れさせるために俺の凜を傷つけるなんて、許さねえ」

背中を抱く大牙の腕がきつくなる。治まりのつかない怒りが倍増しているようだ。ギリギリと奥歯を嚙みしめる音が、すぐ耳のそばで聞こえた。

「一族の跡取りなんだろ。しかたないよ」

凜は、大牙の背中を抱き返し、なだめるようにして軽く叩いてやった。

「呑気《のんき》だな。こんなひどい目に遭ったのに」

「でも、大牙のおかげで無事だったし」

「この先だって、なにしでかしてくるかわからないんだぞ」

確かに、またこんなことがあったらと思うと怖い。でも、大牙が怒りに燃えれば燃えるほど、なぜか凜の恐怖と不安は薄らぐ。大牙に触れているだけで心身がくつろいで、つい今しがた危機にさらされたことなど消え去っていくのだ。

「ただでさえ面倒なのに人狼まで出張ってきて、せっかくの蜜月《みつげつ》を楽しむヒマもねえ」

「蜜月って……」

大牙は眉間《みけん》に猛々しいシワを刻み、凜の両肩をポンと叩く。

「よし、明日の朝一番の飛行機で発《た》とう」

「え？」

またいきなりなことを言い出す。

「じじいに俺たちの仲を認めさせて、二度と凜に手出しはしないと約束させるんだ。認めないなら、スッパリ縁を切ってやる」

「俺も一緒に行くの？」

「油断ならないやつらがうろついてるのに、置いていけないだろ」

「や、でも学校があるし」

「そんなこと言ってる場合じゃない。野郎どもに狙われて、悠長に講義なんか受けていられる状況じゃないんだ。おまえだって、面倒な問題はさっさとカタをつけて安心して暮らしたいだろう」

「う、うん」

「俺たちの明るい将来のためだ。凜が男の体のまま俺のものになったと公言して、猫族にも狼族にもあきらめさせる。そうすれば十五年前と同じ平和な生活が取り戻せるんだ」

「それは……」

子供の頃みたいに、大牙と一緒に平穏で楽しい暮らしがしたい。そんな希望は、凜も持ってはいる。

だけど、いつも忘れてしまうけれど、お互い好き合っていてもその気持ちはベクトルがちょっと違うと思う。

シロと引き離されて、世界が終わったと感じるほど悲しかった。それが、十五年経った今、大牙が戻ってくれて、あの日の胸の潰れるような辛さが払拭《ふっしょく》された。まるで子供の頃の続きみたいな生活が始まった。

シロが人間だったらという幼い頃の夢が叶って、今はまだ喜びを噛みしめている途中。凜にとってはあくまでも大牙＝シロであって、彼が恋愛対象になりうるかどうかというところにまで、意識が到達していないのだ。

大牙の、『大好き』の形は恋愛に進化した。その熱い感情をぶつけられるのは、嫌でも迷惑でもない。それならば、自分は彼にどう応えたらいいのか。

大好きなシロ。大好きな大牙。この違いはどこにあるのだろう――。

「平日の一便なら空席はある。帰ったらすぐしたくだぞ」

大牙は、乱暴されかけた凜の着衣を整えてやりながら言う。

はっきりしない自分に当惑するばかりの凜は、大牙を見あげて小さく頷いた。

「で、なんであんたがくっついてくるんだ」

羽田《はねだ》発一便の機内で、大牙が憮然《ぶぜん》として文句をたれた。家を出たときから、これで三回目のほぼ同じセリフだ。

「可愛いイトコを、狼の群れの中に放り出せるわけがないじゃないか」

口のはしに微笑をたたえる偕も、ほぼ同じ三度目のセリフで返す。

「いいだろ。偕さんがいてくれたら俺も心強いし」

「いてもいなくても変わらねえよ。てか、邪魔なだけだ」

粗暴に言いながらも、凜の希望を尊重する忠狼《ちゅうろう》大牙である。

「僕もね、頭領とは話をつけておきたい。大事な凜に危害を加えるなんて、うちの問題に横からいらん手を出されては迷惑だからね」

仕事で都内の図書館を回っていた偕は、予定を完了して昨夜再び凜の家を訪れた。そして凜が北の一族に襲われた話を聞いて憤慨し、大牙の祖父に直接抗議するために北海道行きに同行しているのであった。

人狼の村は、緩やかな峰の続く山間部。産業や観光とは一線を画した過疎地にある。

空港からはレンタカーを飛ばしてたっぷり三時間余り。浮き世離れした閉鎖的な環境を想像していたけれど、思ったより明るくのんびりして見える。中心地には商店や役場が建ち並び、住宅街は道路も整備され、賑《にぎ》やかに人が行き交う。日本の市町村として古くから存在しているのだからあたりまえのことだけど、なんだか普通すぎてちょっと意外だった。

それでも中心地から奥へ進むにつれ、住宅の景観は点在する農家に変わり、田畑から森林へと移っていく。

大牙の家は、農地を見渡せる高台に位置するという。本道を外れてしばらく勾配《こうばい》を登ると、やがて武家屋敷かと思えるような構えの日本家屋が現れた。

門や塀はなく、代わりに緑深い樹々が自然の要塞《ようさい》を連想させ、前庭に植えられた数本の百日紅が彩を添える。北海道の百日紅は育ちが悪いというけれど、よく手入れされた枝ぶりは見事で、艶やかな花がたわわに咲き揃う。

潮風香る沖縄の開放的な祖父の家とは対照的に、北の旧家らしい堅牢《けんろう》な佇《たたず》まいだ。

車が玄関前に横づけされると、初めての地に足を降ろしてゴクリと唾《つば》を飲んだ。

人狼を敵とは思ってはいないけれど、彼らにとって凛は大事な跡取りを誘惑する邪魔者。いわばここは敵地の真っ只中《ただなか》である。

緊張する背中を励ますように偕に軽く叩かれて、小さく息を吐く。

大牙のあとについて玄関に入ると、物音を聞きつけて出てきた青年が目を丸くした。

「あれ？　どうしたんだ、兄貴。お客？」

片桐家の子息であるらしい。

「凜と、そのイトコだ」

大牙はぶっきらぼうに言って、ドカドカと玄関にあがる。

「あ、初めまして。次男の巽《たつみ》です。兄がお世話になってます」

拍子抜けするほど愛想のいい巽は、親しげな笑顔でペコリと頭を下げた。

「どうも、高峰凜です」

凜は少し緊張が緩んで、深々と頭を下げ返した。

「イトコの高峰偕です。大牙くんの弟さんですか。顔立ちが似てるから、そうかなと思ったけど」

偕が柔和な社交性を発揮して言うと、巽は「どうぞあがってください」と、ニコニコして促す。

「これでも俺はあまり似てないほうなんですよ。うちは三人兄弟なんだけど、末っ子のほうが性格まで気持ち悪いくらいそっくりです」

「大牙くんみたいなのが二人いたら、ちょっと大変そうだね。末の弟さんは高校生？」

偕がクスと笑う。

「ええ。兄貴と弟が一緒にいるとムサ苦しくて。あ、ちなみに俺は、医大を目指して一浪中の予備校生です」

「凛と同い年だ」

「ですね。偕さんも、凛くんとはちょっと似た雰囲気があるけど、眉目秀麗《びもくしゅうれい》な大人って感じがしますね」

「お気遣いどうも」

などという雑談を遮り、「さっさとあがれ」と大牙が顎《あご》で示す。

「じじいはどこだ？」

「いつものとこで食後の茶ぁ飲んでる。じーちゃん、なんかやったのか？」

巽が胸の前で腕を組み、大牙に頬を寄せるようにして声を潜める。すると大牙も低く唸るような声で。

「若い衆を使って、凛に手ぇ出しやがった」

「あ～？　しょーもねえな」

聞いた巽の眉間に縦ジワが刻まれ、和やかだった瞳が険のある光を鋭く帯びた。

身長と体格はほぼ同じか、巽のほうが兄よりわずかに小さいていどの差だろうか。外面《そとづら》が完璧《かんぺき》にいい次男坊だけれど、こんなふうに大牙と並んだ姿はよく似ていて、やはり兄弟そのものだ。

とりあえず、巽は大牙の味方であるらしい。

「奥だ。行くぞ」

言う大牙について長い廊下を進むと、「母さん。兄貴がお客さん連れて帰ったよ」と、報せる声が背後から聞こえた。

厳しい寒さに耐える造りの旧家屋は、風の吹きこむ隙《すき》もなく息苦しいほど重厚だ。

黒光りのする建材はヒノキだろうか。磨きこまれた廊下から、老舗《しにせ》旅館の宴会場かと見《み》紛《まご》う立派な和室に入る。大牙の祖父は、床《とこ》の間の前でゆったりとお茶をすすっていた。

「じじい、話がある！」

いきなり怒鳴るようにして踏みこむと、振り向いた片桐は驚いた表情で目を見開く。大牙の後ろについた凜と偕を見て、すぐに冷静な色を取り戻した。

「座りなさい」

湯飲みを置くと正座の膝を向きなおし、凜をじっと見据える。

齢《よわい》七十を越えていると聞いたけれど、眼光の衰えは見えず、口ひげをたくわえた威厳のある風情。髪に混じる白いものさえ年齢を感じさせない、着流し姿もかくしゃくとした御仁だ。

「汚ねえことやりやがったな」

大牙は祖父の前に胡坐《あぐら》で座ると、臆《おく》することなく切り出す。

「片桐さん。あなたの企《くわだ》てが失敗したのは、お聞きおよびですか？」

やはり臆することのない偕も、正座の姿勢を正して抗議の目を据えた。

凜は、大牙の陰に隠れるようにして座り、緊張する両手を膝の上で握りしめた。

「どなたですかな？」

「突然の訪問で失礼します。僕は高峰偕と申します」

「……ああ、あちらのご当主の。よくいらした。それで、南のお方がどういった用件
で？」

片桐は、飄々《ひょうひょう》ととぼけて返す。

「昨日《きのう》、青年団のやつらが大学にきた。凜を襲わせただろう」

「いきなり言いがかりをつけるな、大牙」

「我が家の問題に横槍を入れられては困ります。そのことについて、腹を割って話し合っ
ていただけますね」

「高峰殿の問題など、我々にはかかわりのないこと。割る腹など最初からありませんが」

大牙の怒りと偕の抗議と、そしてのらりくらりとかわす片桐。

平行線がしばらく続いたのち。

「俺は、凜と東京で暮らす。子供の頃から何度もそう言ってきた。今さら邪魔をするな」

出口のないやりとりを断ち切り、大牙が本題をぶつけた。

「ばかを言うな。村の跡取りがそんな勝手なこと」

「次期頭領は親父だ。俺のあとには巽と亨《とおる》がいる。長男が跡を継ぐ決まりはどこにもない」

「長老会の決定だぞ」

「年寄り連中のたわごとになんざ従わない。俺は凜を伴侶《はんりょ》と決めた。自分の意志に従って決めた将来に、文句は言わせないぜ」

「異種族で、しかも子孫を残せない相手など許せるわけなかろう」

「人からの許可なんかいらねえ。俺が、俺を許す」

「では、凜くんの意志はどうだ」

身を竦めてやりとりを窺《うかが》っていた凜は、急に矛先《ほこさき》を向けられてうろたえた。

「君はまだ清いようだが、大牙を伴侶として受け入れたのか？　同族の子を産まなければいけないのに、高峰家の存続を捨ててまで？」

言われて、赤面して俯いてしまう。性経験がないのは匂いでわかると、大牙が言っていた。半獣の間では、それは目に見えるようにして知られてしまうのだ。

「俺は……女には、なりません」

今の凜には、それしか答えられない。

「大事な血統を放棄して、大牙にも責任ある立場を捨てさせるのか」

「そう……じゃなく……、そうじゃなくて」

「この子がお宅《たく》の大牙くんをそそのかしてるような言いかたをしないでください」

「血統だとか種族だとか、どうでもいい。あんたが凜に危害を加えないと約束して、俺たちの関係を黙って認めれば、この話は終わりだ」

「生意気な口を叩くな。相思相愛かと思ったが、凜くんのようすはそう見えないぞ」

凜は、ヒクリと肩を震わせた。

「大牙くんとは、十五年ぶりに再会してから一週間足らずですよ。自分の血統も体のことも、知ったばかりでまだ戸惑ってます。ですから、凜を排除するなんて暴挙でよけいな混乱をさせないでくださいと、僕は申しあげています」

「凜は再会したその日に、俺を伴侶に選んだ。本人に自覚がなくても、選ばれた俺にはわかることだ。未成熟な凜には、口説かれる時間が必要なだけ。別れさせようなんて、つまらねえことするな」

「くだらん！　話にならん！」

「こいつを傷つけたら、血の繋がったじーさんでも容赦しないぜ」

大牙は凜の首に片腕を回し、見せつけるようにして抱き寄せた。

「この……っ、ばか者が」

大牙の不敵な態度に、片桐は苛立《いらだ》ちを募らせ、怒りを露わにしていく。

再会したその日に大牙を選んだ……。そうなのだろうか。

思い出してみる。確かに、駅のホームで見あげたそのとき、懐かしさに駆られて不思議な親近感を覚えた。大牙がシロだと知って、嬉しくて浮かれた。可愛い仔犬のシロが大好きで、口は悪いけど頼りになる大牙が大好きで、そこになんの違和感もなかった。

大牙とシロの境界線が、わからない――。

はっきりしないまま大牙についてきて、やっと事態の重大性を思い知った。古くから村を構成する人狼と、高峰の血統。それらを守らなければいけない立場と、自分が選ばなければならない道。

つい数日前まで、留守を守って一人暮らしする気楽な学生だった。なにも知らず呑気に育ってきたのに、突然背負わされたものが大きすぎて眩暈《めまい》がする。渦中にいて、しかも自分が騒動の種だというのに、戸惑いから先に進めずにいることが心苦しくなる。

大牙と偕は『時間が必要だから待つ』と、言ってくれている。だけど、中心にいる本人を無視して、周囲はどんどん動いていく。感情が追いてけぼりなのに、自分と関係のないところで決断を急《せ》かされて、地に足がつかない。

縁側のガラス越しに差しこむ陽光が、ひどく重く感じられた。ぐるぐる考えるうち、平衡感覚が狂ったような気持ち悪さに襲われて、過呼吸を起こしそうになった。

「ちょっと……、中座してもいいかな」

心許《こころもと》ない小声で告げると、大牙が心配そうに凛の顔色を窺う。

「気分でも悪いのか？」

「大丈夫。頭冷やして考えたいことがあるから」

「家の前から離れるなよ」

「うん、すぐ戻る」

言ってフラリと立ちあがり、陽射しから逃げるようにして部屋を出た。

襖《ふすま》を閉めるとホッと息をつく。でも、シンと冷えた空気の重さは変わらない。

長い廊下を入ったときとは逆にたどり、その先に玄関が見えたところで、見覚えのある人物が台所からひょいと顔を出した。

「やあ、凜くんだね。大きくなったな」

目鼻立ちまではっきり憶えてはいないけど、変わらない印象はひと目でわかる。十五年前、シロの飼い主だと名乗って大牙を迎えにきた男である。

「あら、凜くんがいるの？」

彼の後ろから、品のよい面立ちの女性が現れた。

「大牙の母です。なんだか大変なことになってるみたいね」

「すまんな。うちの息子がまた君の家に居座っちゃって、申し訳ない」

「いえ、こちらこそ。急にお邪魔してすみません」

この二人は、大牙の両親だ。凜は動揺する指先を抑え、挨拶《あいさつ》の頭を下げた。

「ね、あっちのようすはどうかしら。お茶を持っていってもいい感じ？」

「大丈夫だと思いますよ。逆に、雰囲気が変わっていいかもしれないです」

「やっぱり険悪なのね……。じゃ、お父さんお願い」

「了解した」

大牙は誇り高き人狼の嫡孫《ちゃくそん》。気さくな笑顔を向けてくれるこの夫妻を前にしていると、いつまでもシロの面影から離れられない自分が不誠実に思えていたたまれなくなる。

「凜くんは、こっちでお茶をどう？」

「いえ、ありがとうございます。少し外の空気を吸いたいので」

感謝をこめて辞退すると、表へ出てゆっくり深呼吸した。

家の前から離れるなと大牙に言われたけれど、敷地内のほんの数メートル。枝ぶりの見事な百日紅に惹《ひ》かれて一歩二歩と踏み出していく。

その先には立派な庭園があるらしい。枝折戸から続く石畳を歩いていると、若い女が目の前に立ちはだかった。

脇に避けながら会釈して通りすぎると、なぜか女が追いかけてきて、前に回るとまた立ち塞がる。なにかと思えば、仁王立ちでキッと顔をあげ、憎しみのこもる目で凜を睨みつけた。

「あなたが高峰凜ね」

我の強そうな顔立ちで年上に見えるけど、表情や振る舞いはせいぜい二十歳《はたち》くらいだろうか。

「大牙が跡目を捨てるなんて言い出すような猫だから、よほどの美人かと思ったけど。たいしたことないのね」

挨拶なしの唐突な暴言を放たれて、凜は指でこめかみを押さえた。

「そういう君は、誰？」

「遠野美咲《とうのみさき》。婚約者よ」

「え？」

「去年の長老会で決められた大牙の婚約者。彼が大学を卒業したら式を挙げる予定よ」

そんな話は聞いてない。大牙は凛を伴侶と決め、東京で一緒に暮らすと言っているのである。それを祖父に認めさせるために、こうしてここまできたのだから。

「そちらの事情は、俺にはわからないんだけど」

「理解してもらわなきゃ困るわ。あたしたちの間に割りこんできて、迷惑なの」

こっちこそ都合おかまいなしの一方的な理由で襲われて、そのうえ婚約者とやらにいちゃもんつけられて、迷惑このうえないと言いたい。

「みんな大牙の指導力に期待してるのよ。それなのに村を捨てさせるだなんて、どんな手を使って誘惑したんだか」

美咲は毛虫でも見るような嫌悪の表情で顔を歪《ゆが》める。

「違う。それは昔からの大牙の意志だ。あいつは他人に影響されて責任放棄するような弱いやつじゃない。婚約するほどの関係なら、君だってそれくらい知ってるだろ」

「彼を悪者にするの？　自分のほうが誘惑されたとでも言うの？　最低」

「誰が誘惑したとかいう話じゃなくて」

切り返す凜の言葉に、怒りの沸点がつかれたらしい。敵意丸出しの美咲の瞳が、ギラリと光った。

「男のくせにあたしから大牙を奪おうなんて、あきれちゃうわね。ほんの浮気相手のくせに、猫とやって女になって、そのあとは彼の本妻にでもおさまるつもり？」

「なに……わけのわからないこと言ってるんだ」

「あたしは彼とエッチもしてる。何度も愛し合ったの。あなたみたいに面倒なことしなくても、いつでも彼の子供を産めるんだから」

あたりも憚《はばか》らず投げつけてくる美咲の言葉に、凜は声を失った。戸惑うばかりだった感情が、ふいに大きく揺れ動いた。

「うちは代々頭領を補佐する家柄で、理想的な結婚よ。あたしたちは深いおつき合いをしてた。だから婚約を認められたの。大牙は渡さないわ。いい気にならないでよね」

勝手に激昂《げっこう》して、言いたいだけ言うとクルリと背を向け、駆け出していく。

冷えこみはじめた風にさらされて、凜は愕然《がくぜん》と立ちつくした。

深いつき合いをしていたという美咲の言葉が、耳の奥で鋭く鳴り響いた。

彼女の言うことが本当なら、大牙はどうするつもりでいるのだろう。シロとの別れのあと、自分は恋と言えるほどの経験もなく、ただ平穏に暮らしてきた。でも大牙には体の関係を結んだ恋人がいて、婚約までしていたのだ。

好きだと迫られて、その愛情を疑ったことはなかった。はっきりしない自分の気持ちに悩んで、大牙にどう応えたらいいのかばかりを考えていた。

それなのに、自分のいないところで彼の愛情は他にも向いていたのかと思うと、ひどくショックで胸が焼けつく。

大牙の気持ちが見えない。自分は、彼のなんなのだろう——。

考える凜の胸の中で、懐かしいシロから大牙が分離して、一人の男になった。

「こんなとこにいたのか。心配したぞ」

東屋《あずまや》にぼんやり座っていると、捜しにきた大牙がホッとした表情で歩み寄ってきた。

「どうした？　やっぱり具合が悪いのか？」

凜は心配する顔を見あげ、首を横に振りながら無意識に目を逸《そ》らした。

ふと、『無愛想だけどフェミニストで女子にモテる』と言っていた吉田の話を思い出す。

彼の優しさは、自分だけのものじゃなかった。そう思うと、大牙の顔がまともに見られなくて、居心地悪くて気分が沈む。

「話し合いは終わったの？」

「トライアングルで決着なんかつきやしない。明日は年寄り連中を集めて再開だが、凜に手を出さないってとこはなにがなんでも約束させなきゃな」

年寄り連中――。大牙と美咲の婚約を決めた長老会だ。

「もういいよ。俺は誰とも結婚しない。今までどおり、未成熟なまま一人で生きていくから……」

言う語尾が、嫌味な響きをもって消えた。

「凜？　……なにがあった」

訝《いぶか》しげな表情の大牙が、凜の頭からつま先までを素早く観察する。また誰かに襲われたんじゃないかと心配して、着衣の乱れを確認したのだ。

「なにも」

凜は頬に触れようと伸びてくる手を払い、立ちあがると深く息を吸った。

「大牙の婚約者と、会ったよ」

自分の声が、頭の中でガリガリと引っかくような耳障りな音をたてる。

「ああ、美咲か」

ことなげにサラリと名前を出されて、心臓がズキンと痛んだ。

「年寄りが勝手に決めたことだ。はっきり断ってるから、婚約者なんかじゃない」

「愛し合ってつき合ってるんだろ。だから婚約が決まったって、言ってた」

「つき合ったなんて言うほどの関係じゃないし、愛なんてないぞ」

「なんだよ、それ。彼女にもそんなふうに言ってるのか？　俺のことは浮気相手だから気にするなとでも？」

「なんの話だ。おまえが浮気相手のはずないだろう」

「でも彼女はそう思ってる。愛してるって言ったんだろ。そういう深いつき合いをしてるから、俺にあんな敵意をぶつけてくるんじゃないか」

睨みつける美咲の瞳を思い出して、胸が苦しくなる。ぶつけられた敵意をそのまま彼女に返してやりたくなって、乱れる感情がセーブできない。

大牙を押し退けて逃げ出そうとすると、腕をつかんで引き戻されて、勢いよく胸に抱きこまれた。

「敵意だと？　いったいなにを言われたんだ」

「だから、彼女は婚約者で、俺は浮気で……。愛し合ってるから、俺が邪魔者なんだよ」

「もうあいつとはつき合ってない。俺が愛してるのは凜だけだ。信じろ」

「どこを見て信じればいいんだ。彼女を抱いてその気にさせておいて、それで信じろなんてよく言えるな」

「何回か寝ただけのお互い割りきった性処理だ。長老会が婚約を持ち出したときに、美咲も納得して関係を終わらせた。だからおまえも割りきって、もう気にするな」

「性…処理……?」

　悪びれもなく言い放たれて、足先から力が抜けた。少しでも後悔を見せてくれたら、終わった恋なのだろうと思いやることもできた。だけど、大牙にとって恋愛と性欲が別ものなのだと言うのなら、抱かせろという要求の中に自分への愛情がどれほどあるのか、美咲との性処理とどこが違うのか、疑ってしまう。

「俺は割りきれない。どうして……。俺のこと、子供の頃から好きだったんだろ。それなのに、どうしてそんな気になれるんだよ」

「遠く離れたおまえに触れられないから、代わりだ」

「でも、あの子には処理でも代わりでもなかった」

　美咲は、割りきったフリをしてつき合っていればいつか本当に愛される日がくると、信じて待っていたのだろう。大牙をあきらめられない彼女は、障害である凜を見て、新たな敵意と対抗意識を燃やしたのだ。

「放せ。俺はもう東京に帰るから」

身をよじって突き放し、大牙に背中を向ける。

「待てよ、凜」

「触るな！」

肩に手をかけられて、振り向きざま弾かれたように大牙を振り払った。

「女なんか抱いた手で俺に触るな。二度と俺を愛してるなんて言うな」

ふいに、足元がゆらりと崩れて感覚が暗い穴に落ちこむ。

思わず発した自分の言葉に押し潰されそうになった。割りきれないこの想いが嫉妬《しっと》なのだと理解して、不安定に揺れていた感情が混乱した。

目の前に突然現れた出口が何重にもブレて見えて、それが飛び出していい出口なのかわからなくて心が立ちどまってしまう。

あとも振り返らず走り、母屋《おもや》の玄関から廊下まで駆けこむ。と、階段の下で大牙によく似た制服姿の少年とぶつかった。学校から帰ったばかりの片桐家三男、亨だ。

亨は少し驚いたように凜を見て、それから凜の背後に視線を移した。

「大牙兄《にい》。親父が呼んでる」

息を切らしながら振り返ると、すぐ後ろに大牙が立っていた。ここまでぴったりくっついて追いかけてきていたのだ。

「えっと、凜さん？　じき夕飯だからそれまで客間で休んでてくださいって、母が。偕さんは、まだじーちゃんと話してるんで」

大牙がチッと舌打ちして、廊下の奥の客間を指さす。

「すぐ行くから、部屋で待ってろよ」

凜はなにも答えず、乱れる想いで大牙の後ろ姿を見送った。

外はゆるゆると暮れはじめていて、台所から旨味《うまみ》を含んだ温かな匂いが流れてくる。それは、大牙がよく作ってくれた和風料理と同じ出汁《だし》の風味だ。

昨夜《ゆうべ》までの二人きりの生活がやけに遠く感じられて、所在のない物哀しさに襲われた。

教えられた客間に入ると、隅に凜と偕のカバンが並んで置かれている。日帰りには無理のある遠方なのでとりあえずの着替えと洗面用具だけをつめた、小型の旅行カバンだ。

しばらくは大牙と冷静に話せないだろう。なにを言われても、顔を見ただけでも、きっと感情的になってしまう。ほんの数日の間に、一生を変えてしまう出来事が降りかかりすぎた。混乱したこの感情を整理して、自分が彼になにを求めているのかじっくり見定めなければ。血統だとか婚約者だとか、何者にも翻弄《ほんろう》されずに、自分がどうするべきなのかを考えなくちゃいけないと思う。

だけど、今は一刻も早くここから離れたい。大牙の前から逃げ出したくて、なにも考える余裕がない。

凜は、先に帰るという謝りのメモを偕に宛てて書いた。それを座卓に置くとショルダーバッグを肩にかけ、大牙の気配がないのを確かめながら、そっと片桐家をあとにした。

今から空港に向かっても最終便には間に合わない。でも明日の朝一便のチケットを取っておいて、ロビーで夜を明かせばいい。しかし問題は、知らない土地でどうやって空港までたどり着くか、である。

ここに来る途中の通りで停留所を見かけたから、バスに乗れば最寄りの駅に出られるだろう。さてそのバス停はどこにあったっけと、片桐の私道から本道に下りてキョロキョロと周囲を見回してみる。

記憶を頼りに歩いていると、通りかかった白い軽ワゴンが凜の横に停車して、助手席から降りてきた男がニコニコして言った。

「見かけない顔だね。道に迷ったんか？」

農家の息子といった感じの素朴な風情だ。運転席の男も、フロントガラス越しに人の善さそうな笑顔を凜に向ける。

「バス停を探してるんですけど……」

「ここの一キロくらい先にあるよ。でも、終バスはついさっき出たばかりだ」

「えっ、もう？　だって、まだ夕方なのに」

「こんな田舎じゃバスなんて一日三本。そこの停留所は五時半が最終だよ」

「そんな……」

あきれるくらい驚いてしまう。都会の便利な町に住む凜は、バスをほとんど利用したことがない。都心の最終電車と同じような感覚でいたのだ。

「どこまで行くんだい？」

「最寄り駅まで……」

答えながら、ふと本能が警告を発するのを感じて背中が冷えた。

「そっち方向なら乗せてってやるよ」

男は後部席のスライドドアを開け、凜の肩に腕を回す。

「いえ、なんとかなりますから」

辞退して逃げ出そうとしたところが出遅れて、振り払うこともできずにワゴンに押しこまれた。その拍子に、ショルダーバッグが肩からずり落ち、道路に取り残された。

「山道の一人歩きは危ないよ」

出口を塞ぐようにして隣に乗りこんだ男の顔が凶悪に変化して、いやらしげに舌なめずりする。

「獣に襲われちゃうからなぁ」

「降ろしてください」

男を押し退けて車から降りようとしたけど、無駄な抵抗だった。ドアが乱暴に閉じたと同時に急発進して、体がシートに押しつけられてしまった。

彼らの表面があまりにも素朴なので失念していた。大牙のことで頭がいっぱいいっぱいだったせいもある。

ここは狼族の村。三百世帯を超える住人すべてが人狼なのだ。

男はポケットから携帯を取り出し、「獲物は拉致《らち》した」そう手短に言ってすぐに切った。どうやら計画的だったらしい。

大学に入りこんだ三人は片桐の命令で動いていた村の青年団だけど、この男たちもそうなのだろうか。

車は本道から鋭角に曲がり、今は使われていないのであろう雑草の茂る横道に侵入していく。あたりはうっそうとした森林で、まだ陽が落ちきっていないはずの視界が急に暗くなった。

凸凹を踏み、雑草を踏み……。そうこうするうち、つるべ落としの宵《よい》の森は墨に囲まれたかのように真っ暗闇《やみ》だ。

ガタガタと揺られて進んだ一本道のその先。

少し開けた場所で二人の男の姿がヘッドライトに浮かびあがり、ワゴンは停車してエンジンが切られた。

周囲には人家もなにもない、深い森の中。待ち構えていた男たちが車に歩み寄り、ドアを開ける。

今にも引きずり降ろされるかと身を固くしていると、突然シートが倒されて体が仰向けに引っくり返った。慌てて起きあがろうとすると肩を押さえつけられて、狭い車内で三人の男に囲まれた。

「おい、おまえも入れよ」

一人が運転席の男に声をかける。男は車から降りると開け放したスライドドアに寄りかかり、煙草《たばこ》に火をつけた。

「俺ぁ、男にも猫にも興味ねえよ」

凜の全身が逆毛立った。

車を乗り換えて他の場所に移動させられるのかと思ったけれど、彼らはここで、シートを倒したこの狭い車内で犯るつもりなのだ。

ただでさえ身動きが取りづらいのに、ギュウギュウづめ状態で三人に押さえこまれたら逃げる隙などない。

「また……片桐さんの命令か？　こんなことして……、なんの得になるんだ」

声を振り絞るけど、男たちはニヤニヤ笑いながら凜の服に手を伸ばす。

無理やりジャケットをはがされ、激しく抵抗するとシャツの前合わせを乱暴に引き開かれて、ボタンが弾け飛んだ。

一人が背後に回り、羽交い絞めで凜の上半身を拘束する。

「やめろ。放せ」

二人がかりで下着ごとジーンズを脱がされて、下半身が露わになった。

必死で両足をばたつかせると、靴の踵《かかと》がタイミングよく一人の顎にヒットして、男が「うぐっ」と唸り声を漏らした。

もう一人の男も蹴ってやろうと足を振りあげ、渾身の力で何度もキックをくり出す。

「なにやってんだよ、じれってえな」

羽交い絞めしている男がゲラゲラと笑った。

それでカチンときたのか、顎を蹴られたほうの男が怒りの形相で凜の首に指を食いこませた。脅しとは思えない本気の力で締めつけられて、息がとまって喉がむせた。

凜が抵抗を失うと、男は両足を捉《とら》えて左右に大きく開かせる。

「女になる気はねえんだろ。なら犯り殺してやるぜ」

「お堅い高峰の婿《むこ》養子に入ったところで、自由にできる金はたかがしれてるしな」

男たちがなにを言ってるのか理解できず、凜は意味を探ろうと薄暗いルームランプの下で彼らの顔を見た。

「金ヅルになるメスはもう一匹いる。そっちをもらえば金持ちになれるんだ」

「おまえに無理やり子供を産ませるより、そのほうがよっぽど儲《もう》かるってもんさ」

「そ、それじゃ、どうして……こんなことを」

「おまえなんか、俺らを愉《たの》しませるぐらいしかもう用はねえ。死んでもかまわないからズタボロにしてやれって、依頼人に言われてるんだよ」

「おい、喋りすぎだぜ」

「かまやしねえ。ほんとに犯り殺して埋めちまえばいいんだ。治外法権も同然の村だからな、あとは依頼人様がうまくやってくれるだろ」

「悪人だな、おめー」

脅してるつもりなのかそれとも本気で言ってるのか、凜には判断がつかないけど、男たちは調子に乗ってゲラゲラ笑う。

『もう一匹のメス』『依頼人』――思い当たるものがなにもない。だけど、やっとはっきりした推測の糸口は、この二人の男は狼じゃなく猫族だということ。

未成熟な体は、同族の雄と交わることで女に変わる。相手が狼ではなにも変化は起こらないはずなのだ。

猫族が人狼のテリトリーにいるのは、依頼人の手引きによるもの。生死などかまわず痛めつけてやりたいという依頼人の目的と、金が欲しい彼らの利害が一致したのだろう。羽交い絞めしているのは依頼人の手下で、便乗して愉しもうという人狼だ。

最初からそのつもりで用意していたのか、羽交い絞めしている人狼が細紐《ひも》を凜の首に巻きつけて両端を引っ張った。

「苦しませると下がギュウギュウに締まっていいそうだぜ」

男の熱《いき》り立つ物体が、凜の中に押し入ろうと強引に狭間《はざま》を探る。気色の悪い感触に、吐き気がこみあげた。

「い……嫌だ……大牙」

震える声が、救いを求めて大牙を呼ぶ。

窮地に追いこまれて、今までゴタゴタの下に沈んでいた望みが浮上していく。大牙のもとに帰りたい。彼の腕の中で、ぬくぬくと安心していたい。こんな蹂躙《じゅうりん》を許せるのは、大牙だけだ。

すぐそこに開け放したドアがあるのに、飛び出すこともままならない。

男たちの手からすり抜けることができれば――。

凜の大きな瞳が、暗いドアの外を凝視した。

あの暗がりに飛びこめれば、身を隠すこともできるのに――。

そう必死に考える目の奥がドクンと脈打ち、意識の底でなにかが動いた。

ふと、今まで輪郭ていどしか見えなかった樹々や雑草が、闇の中ではっきりとした形を浮かびあがらせた。

体の核がザワリと音をたてて崩れ、急激に形を変えていく。発熱する細胞が体の中で弾けて、唐突に五感が研ぎ澄まされた。

自分の身になにが起きたのか、わからなかった。

でも周囲の景観が膨張するかのように大きくなって、凜は男たちの蹂躙から体が解放されるや素早く体を反転させた。

考えるよりも先に反射的スピードで彼らの手をすり抜け、ワゴンの外に飛び出した。

景色がいつもと違う。雑草が自分よりも高い。眼下に見える地面が近い。そして、信じられないほど体が軽い。

凜は目視で逃げ道を探りながら、雑草の間をまっすぐに駆けた。

男たちの怒鳴り声が聞こえる。

「変身しやがった！」

背後の声に首を振り向けて見ると、躍動する若猫の肢体がそこにあった。

艶を帯びた真っ黒な被毛。しなやかにくねる長い尻尾。俊敏に駆ける足が軽やかに地を蹴る。

突然、大きな獣が凜を飛び越え、前方に立ちはだかった。

車の外で煙草を吸っていた人狼だ。逃げた凜を見て、捕まえようと慌てて変身して追いかけてきたのだ。

他の男たちも急いで姿を変えて追ってきて、凜は二匹の狼と二匹の猫に取り囲まれた。

意識せず、臨戦態勢の凜の喉がグルルと威嚇の唸り声を漏らす。

と、緊張するその耳に、疾走するたくましい足音が鳴り響いた。

大牙だ！　足音を聞き分けた凜の胸が躍った。

目の前にいるグレイの狼が、とっさに身構える。間を置かず、ひときわ大きな銀灰色の狼が茂みから飛び出し、襲いかかった。

一瞬にしてグレイの狼がギャンと敗北の声をあげ、もう一匹が果敢《かかん》に挑もうと牙をむいて踏み出す。

その隙に二匹の猫が凜に向かって走ってきた。狼同士が闘っている間に交尾で犯してしまおうという目論見《もくろみ》だろう。

しかし、大牙は飛びかかる狼を体当たりで弾き飛ばし、瞬時に体勢を整えると、猫どもを蹴散らし凜の襟首を咥えて跳躍した。

軽々と茂みを飛び越え、草深い獣道を猛スピードで疾走していく。

凜は仔猫のように体を丸め、大牙の口にぶら下げられたまま目を細めていた。

大牙が地面を蹴るたび、揺れる体が心地いい。まるで抱きしめられているかのように安らいで、心がふわふわと蕩ける。

片桐家からは小さな山ひとつくらいは離れているだろうか。凜がいないことに気づいた大牙はすぐ捜しに出て、バッグを発見した場所からワゴンの排気臭を追ってきたのだ。

空の見えない枝葉の間から、ポツポツと冷たい雨が落ちはじめる。それがしだいに雨足を強め、やがてどしゃ降りになった。

大牙は銀灰色の毛先から滴《しずく》をしたたらせ、なにか考えるように一瞬立ちどまってから、方向を変えてまた走り出した。

しばらくしたところでおろされて、目を開けるとすぐそこに大牙の素足が見えた。

小さな小屋の軒下にいるらしい。凛は、人間の姿に戻った大牙の足元で、濡《ぬ》れた体をプルンと振って被毛の滴を散らした。

その後ろでバキッという大きな音ともに、小屋の扉が開いた。どうやら、力任せに鍵《かぎ》を壊したようだ。

「ここは山の管理小屋だ。手を入れる季節しか使わないんで、埃《ほこり》っぽいが」

大牙は凛を抱きあげ、低い天井に手を伸ばして裸電球をひねる。

「毛布があるから、これで寒さは凌《しの》げるだろう」

棚から引っ張り出した毛布にくるまり、壁に寄りかかって座った。

この山は丸ごと片桐家の敷地なのだろう。五坪ていどの小さな管理小屋で、薄暗い灯《あか》りに照らされた室内はガランとしている。置いてあるものは今使っている毛布と、テーブルと椅子《いす》だけ。

「初めての変身だな。黒い艶々の毛並みで、キュートな美猫だ」

大牙は凛を胸に抱きなおし、温めるようにして背中を撫でる。

「戻りかたがわからないか？　最初はコントロールに戸惑うが、要は意思の問題。すぐに慣れる」

そう言われて、どうやったら人間の姿に戻れるのか知らないことに気がついた。意思の問題というのは、つまり念じるような感じだろうか。

でも、大牙の胸に抱かれているのが心地いいから、今はまだこのままでいたい。凛はそんな気持ちをこめて、大牙の素肌に頬を擦りつけた。

「ケンカ別れみたいになって、黙って出ていかれたら焦るだろう。美咲のことは、俺の気持ちを信じろとしか言えない」

凛の猫耳がピクと動く。振り仰いで見あげた鼻先に、大牙が鼻のてっぺんをくっつけてきた。

「浮気者は嫌いか？」

瞳が間近で柔らかく微笑《わら》う。

「実をいうと、一、二回寝たていどの遊び相手は何人もいる。美咲はその中でも二年続いたセフレだ」

なるほど、二年もつき合っていたのか。凛はわざとらしく耳を倒してツンとそっぽを向いてやった。

「まだ成熟してないおまえには、いいかげんで誠意がないように思えるんだろうな。汚れを知らないヴァージンに、後腐れなく遊べる女の存在をどう納得させたらいいのかわかんねえ。美咲のことは、あいつが本心を隠してたことに気づかなかった俺の失敗だ」

大牙は、弱り果てたように裸電球を仰ぐ。

「この十五年、おまえのもとに戻ることばかり考えて生きてきた。じじいはガキのたわごとだとタカを括ってたから、今回のことで俺が本気だと知って慌てたんだろう。俺は成長した凜を見て、自分が大事にしてきた気持ちが本物だったと確信できた。今度こそ、二度と離れないと、改めて決めたんだ」

独り言のように紡ぐ囁きを聞いて、凜のわだかまりがトロリと融けていく。

なにがあっても、やっぱり大牙のことが好きだ。子供の頃に救った命が、成長した今、こうして圧倒的な力で守ってくれる。幸せで、他のわずらわしいことはなにもかもがどうでもいい気分になってしまう。

目まぐるしく降りかかる出来事に翻弄されて、自分の気持ちをしっかり見据える余裕がなかった。思い悩むばかりで、ずいぶんと遠回りをした。

美咲のことは、大牙がそう言うなら納得しよう。全霊でもって寄り添ってくれる姿を曇りのない目で見て、彼の言葉を信じたいと思う。子供の頃から、自分の気持ちはいつでも彼のそばにあった、それは今でも同じ。いや、それ以上。

大牙のために男になったこの体は、誰にも変えさせない。大牙が好きだと言ってくれるこの体は、彼だけのもの。もうわずらわしいことにこだわらず、シロが大好きで、大牙が大好きだという自分の感情に、素直に従えばいいだけのことなのだ。

凜は、大牙の膝の上でノビノビと背を伸ばした。

「それにしても、あの雄猫ども……。プライドの高いじじいが猫族と共謀するとは思わなかったぜ。ったく、どうしてそこまでするんだ」

言う大牙の顔が、身じろぐ凜の視界の中で目線と同じ高さになった。体温がスウと冷えて、そしてすぐザワザワと熱をあげる。くるまった毛布の下で四肢がしなやかに伸び、白い素肌が大牙の裸の胸に重なった。

「首謀者はお祖父さんじゃないような気がする」

人間の姿に戻った凜を見て、大牙は愛しそうに抱きしめる。

「戻れたのか」

「うん、大牙と話したいから」

戸惑いが吹っきれると、伝えたい想いがサイダーの泡粒《あわつぶ》みたいにフワフワと浮きあがってくる。大牙の温かな体温に包まれて、穏やかな熱情が胸を満たした。

「依頼人は、死んでもいいからズタボロにしてやれって言ったそうだよ」

「ああ?　そりゃ過激だな」

大牙の表情に怒りが宿り、推理するような瞳が話の先を促す。

「なんかこう……、金に目のくらんだ猫と俺を恨んでる狼が手を組んだって感じのような気がする」

「くそ。そういうことなら、やつら半殺しにしてでもとっ捕まえておけばよかった。確かに、うちのじじいのやり口ではないような気はするが……。それで、その依頼人ってのは誰だ？」

「狼族の誰か……らしいけど、わからない」

「しかし、猫どもがどうしてそんな依頼を受ける？　やつらにとって凜は貴重なメスなのに、殺したら元も子もないじゃないか」

「金ヅルになるメスがもう一匹いるって」

「どういうことだ」

「ん……、どういうことだろうね……。俺には全然、思い当たることがないから」

凜は、感触を味わうようにして大牙の膝から腿《もも》に掌をすべらせ、脇腹を撫であげて背中に両腕を回した。

「でも、今はそんなのどうでもいい。追究は後回しにしよう」

「凜？」

「俺が今言いたいのは、そんなことじゃなくて……」

合わせた半身を擦りつけ、その存在感を肌で確かめる。

凜の想い、凜の求めを感じ取ったのだろう。大牙は、怒りの気配を和らげて凜の顔をじっと見つめおろした。

「俺は、大牙のものだよ。他の男なんかに、いやらしいことされたくない。俺を抱くのは、大牙でなきゃ嫌だ」

「ああ、誰にもやらない。触らせない。凜は俺のものだ」

「うん……」

骨格のしっかりした胸元に口づけてみると、額に温かなキスが返ってくる。

二人の想いは、十五年前に出会ったその日からずっと繋がっている。そんな確信が、凜の心を強くした。

「俺が完璧な男になっちゃえば……、とりあえず勘違いなやつらはあきらめるしかないよね。大牙がいてくれれば、俺はなにも怖くないよ」

「そうさ。猫族だけじゃなく、うちのじじいどもだって黙らせてやる」

力強い大牙の手が凜の髪を撫で、そして緩やかに背中をさすった。

「もう、周りにうっとうしくされるのは嫌なんだ。誰にも邪魔されずに、大牙と一緒に暮らしたい」

そう微笑って言う自分の顔が、とてもすっきりしているのを感じた。

毛布が肩から落ちると、抱き合う体がそっと組み敷かれる。「大牙……」と呼ぶ自分の声がやけに甘くて、ちょっと恥ずかしくなった。

「十五年前から……離れている間も、俺たちの気持ちはひとつだったんだよね。それなのにシロの思い出ばかり懐かしがって、今の大牙を見てなかった」

「そうだよ。焦《じ》れったかったな」

「こんなにかっこいい男なのに、可愛いシロにしか見えなかったって不思議」

凜は指先で大牙の頬に触れ、精悍《せいかん》な顔を見あげてしみじみと言う。

「俺はいつだって押し倒したくてたまらなくて、可愛い凜をぐちゃぐちゃにしてやりたかったぜ」

欲求不満を訴える大牙は、凜の耳たぶをしゃぶり、チュクチュクと吸いながら柔らかな首筋に性急な舌を這《は》わせた。

キスされてるんだか、舐められてるんだかよくわからない。くすぐったくて、凜はクックッと笑いながら身をよじった。

「しかし、『待て！』はダメージでかい。かぶりつきたいのに我慢させられるってのは、けっこう辛いんだぞ?」

「あ……ごめん。でも、もう待たせないから」

言う唇に、初めてのキスが下りる。

侵入してきた舌の動きが器用で、上顎をねぶられ、されるままの唇と舌が何度も吸いあげられた。少し慣れて、真似をして舌先を絡ませてみたら、眩暈がしそうなほど喉の奥が熱くなった。

「脳みそが……融けそう……」

力の抜けた声と一緒に、熱の溜《た》まった呼吸を吐き出す。

「全部融かしてやる」

濡れたキスが唇から首、胸へと移動して、乳首を捉えた。

艶めかしい愛撫《あいぶ》を受けて、小さな胸の先が疼きながら固く尖《とが》り立つ。齧《かじ》るようにして歯で刺激され、息も継げないほど激しく下肢が張る。

大きく身をくねらせると、大牙の歯からもぎ離された乳首が『離れたくない』と悲鳴をあげたような気がした。

大牙を迎える狭間が開かれて、準備のための指が窪《くぼ》みをまさぐる。ゆるゆるとした抽《ちゅう》送《そう》で襞《ひだ》が広げられて、凜は緊張する下半身を意識してくつろげた。

初めてのことで、自分のそこが充分に慣れたのか感覚がわからない。でも、すべてを大牙に委ねれば、心も体も本当にひとつになれる。

「痛いかもしれないが……」

気遣いながらも、大牙は熱塊を窪みに押し当てる。

「大丈夫だから、早く俺を大牙のものにして」

「そのセリフだけでイきそうだ」

大牙は満ちた吐息を漏らし、大きく割り開かせた両足を脇に抱えて凜の中に自身を沈みこませた。

華奢な腰を膝に乗せ、凜の上に半身を伏せると熱塊を進めながら唇をついばむ。

「ん……はぁ……ぁ」

労るキスの合間に、大牙の固い隆起が少しずつ押し入ってくる。それが奥まで達すると、慣らすための指とは比べ物にならない重量感が凜の内部を圧迫した。

痛みとは違う甘やかな苦しさに、熱で朱色に染まった唇から吐息がこぼれた。

「キスが感じるか？」

「わかるの？」

「唇が触れると、おまえの中が俺を締めつける」

『ほら』と言って触れるだけのキスから噛みつくようなキスまで、試すようにして深さを変え、大牙の唇がくり返し凜の唇を訪《おとな》う。そのたびに凜の体の奥が反応して、収縮しながら荒ぶる異物を確かめた。

熱塊の抽送が、大牙の興奮に比例して速まっていく。

未成熟だった体がしだいに熟れて、摩擦の動きに合わせるようにして凜の呼吸がせわしなく上下しはじめた。

「あ……っ、大牙……大牙」

喘ぎ混じりの声が切なく大牙を呼ぶ。

軋《きし》みのなくなった体の奥を激しく揺すりあげられて、昂《たか》ぶりの極みへ何度も突きあげられては落とされた。

時折なにか囁く大牙の言葉が聞き取れずに、甘い響きだけが耳の中に吹きこまれる。

自分とは違う生き物になってしまったような唇が、『もっと、もっと』と飽きることなく大牙を求めた。

沸騰《ふっとう》する細胞が、形を変えて体内を駆け巡る。凜の中で形容しがたいなにかが混ざり合って、意識を遠くへと追いやった。

どしゃ降りの雨がやんだのは、夜が明けてからだった。

「大牙くんのものになっちゃったんだねぇ」

早朝、片桐家の客間に戻って急いで服を着た凜に、偕が静かに微笑んで言った。

「に、匂う？」

凜は思わず両手で自分の顔を挟んで、頰を赤らめた。大牙と結ばれたばかりで、自分の体が成熟したエロい匂いを発しているかと思ったのである。

偕は凜の耳の下に鼻先を寄せて、それから親愛の情をこめてコツンと額どうしをぶつけた。

「白薔薇《ばら》みたいなきれいな香りがする」

そう言ってもらって、ホッと胸を撫でおろした。

「ごめんなさい。……俺、高峰を守るより大牙を選んでしまった」

「凜が彼を好きなのは、わかってたからね。これで、僕たちはもとの仲良しイトコに戻ったわけだ」

凛は少し俯きながら、年上のイトコの優しさに安らぎを感じた。

「変身した凛が大牙くんの背中にしがみついて帰ったのには驚いたよ」

「俺も、本当に半獣だったんだって、ちょっとびっくりした」

「キュートな黒猫だったね」

「大牙もそう言ってた」

凛は照れてちょっと肩を竦め、エヘと舌を出した。それから二人で顔を見合わせ、クスと微笑った。

「でも、ほんと無事でよかった」

偕は両手で凛の顔を挟み、改めて無事を確認しながら安堵《あんど》の息を漏らす。

「昨夜は心配で、生きた心地がしなかった。君を一人にするんじゃなかったって、すごく後悔したよ」

「勝手なことして、ごめん」

「片桐老との話し合いを中座したあと、なにかあったんだよね？　飛び出したくなるような、なにかが」

優しく問いつめられて、凛はまっすぐに顔をあげた。昨日は美咲の存在がひどくショックだった。だけど、大牙との絆を確認した今は、そんなことは悩むに値しない出来事だ。

晴れ晴れとした面持ちで、美咲の一方的な会話から男たちに拉致されたことまでを手短に説明する。と、偕は見つめる怜悧《れいり》な瞳を曇らせた。

「じゃあ、その自称婚約者は問題ないんだね。だけど……猫族がどうして」

言う途中で、偕がふと視線を横に転じた。

「大牙くんが迎えにきたようだ」

「うん」

廊下をドスドス歩いてくる足音は、凜にも聞こえた。それが客間の前でとまると、凜はわずかな緊張をもって踏み出した。

すぐに襖が開いて、難しい面持ちの大牙が『来い』と手招く。

なぜ猫族の男が人狼の村に入りこんでいるのか、頭領である祖父に確かめるのだ。

大牙と偕と、三人連れだって一階の応接間に入ると、一晩帰らなかった大牙と凜を心配していた面々が、一斉に振り返った。

床にペルシャ絨毯《じゅうたん》を敷きつめ、古風な応接セットと舶来の装飾品をコーディネイトした大正か昭和初期あたりを思わせる、和洋折衷な部屋である。

大牙の母が立ちあがって二人掛けソファを譲り、ここに座ってくれと示す。

偕が丁寧に頭を下げて腰かけると、大牙は祖父の前に歩み寄って険しく見おろした。凜はその後ろに寄り添い、立ったまま遠慮がちに頭を下げた。

「凜は昨夜、村の男二匹と猫二匹に拉致られた」

聞くなり大牙の母が「まあ」と顔色を青ざめさせる。長椅子に並んで座っていた父と巽、亨の口からも小さな驚きの声が漏れた。

片桐はリクライニングチェアから腰を浮かしかけ、すぐに姿勢を戻した。

「猫だと？　どういうことだ」

「それを、俺が聞いてる。今回もあんたの差し金か」

「知らんぞ。正式な会見でもないかぎり、猫族の人間など村には呼ばん」

「猫がうちの村の男と組んでたのか？」

大牙の父、史彦《ふみひこ》が訝しげに確認する。

「ああ。車で拉致って、山の北側に連れこんだ」

大牙は、言いながら凜に視線を移した。凜はそれを受け、大牙の横に歩み出ると説明の口を開いた。

「最初、この村の男二人に無理やりワゴンに乗せられました。それは計画的なもので、山の中で待っていたのが猫族の二人。乱暴に服を脱がされて、抵抗すると首を絞められた。彼らは、死んでもいいからズタボロにしろと依頼人に言われていたそうです」

「殺したいほど凜が邪魔か？　なぜそこまでやる必要がある？」

室内が、重く静まり返った。まさかという家族の思いと、疑いの目が入り乱れて片桐に集中していた。

「待て。どういうことだか、本当にわからん。依頼人というのが誰だかも、まったく思い当たらんぞ」

「とぼけるのはなしだぜ、じじい」

「見くびるな、とぼけたりしとらんわ。脅して別れさせようとしたのは認めよう。だが、わしとて日本の秩序の下で暮らす人間だ。いくらなんでも人を殺《あや》めるなど物騒なこと、とんでもない」

片桐は、頭領たる威厳の目を大牙にまっすぐ据える。曇りのない視線を窺う大牙の気配が、わずかに緩んだ。

「兄貴。加担したやつらってのは、どこのどいつだ？」

「わからねえ。助けに入ったときにはすでに変身してたし、俺も村の人間全員の顔と狼の姿を把握してるわけじゃないからな」

「てことは、少なくともこの近所に住んでるやつじゃないな」

推理するふうに巽が言うと、亨が横から口を出す。

「北区の貧乏人じゃね？　あそこは怠《なま》け者とゴロツキが寄り集まってるから、金さえもらえばなんでもやりそうなばかはいくらでもいるだろ」

「口が悪いぞ、亨」

巽が、弟のおでこをゲンコの先でコツンと小突《こづ》く。亨は額を片手で押さえ、プゥとふくれながら隣に座る父と顔を見合わせた。

父、史彦は胸の前で腕を組み、う～んと唸って首をひねった。

「女になれる大事な凜くんなはずなのに、死んでもいいからズタボロとは……。怨恨《えんこん》としか思えない様相だが」

「あの、金ヅルになるメスがもう一匹いるって、言ってました。そっちを手に入れれば金儲けができるとかなんとか」

「なに……っ」

凜の言葉でなにか思い当たったのか、片桐が突然リクライニングチェアから身を乗り出した。

「メスが……いるだと？」

「はい。だから、その……やつらを愉しませるくらいしか、もう俺には用はないって」

「それはおかしいですね。つまり、凜に代わる純粋な血統と財産を持った女性がいるということなんでしょうけど、それが本当なら沖縄の高峰にも情報が届くはずです。高峰に並ぶほどの資産家はそう何軒もありませんから。……もしや、片桐さんはこの件でなにか心当たりでも？」

偕は落ち着いたようすで言い、窺う瞳を片桐に据える。

「まさか……」

片桐はどこか遠くを見るような視線を窓に向け、いきなり立ちあがると、

「史彦っ、車を出せ。西の遠野だ！　おまえたちも来い！」

声を張りあげた。

「遠野って……遠野美咲さんの？」

バタバタと応接室を出る面々を見ながら、凜は半ば呆然として大牙に訊ねる。

「西の遠野といえば、そうだが……」

思いもかけない急展開で、大牙にも先が読めていないらしい。

母には留守番を頼み、史彦の運転する車に片桐、巽、亨が。空港で借りたレンタカーに大牙、凜、偕と、分乗して山の一本道を西に走らせる。

遠野の家は、片桐家から約五キロほど下った渓谷側にある。村を東西に分ける支流を渡ると、橋の少し向こうに高い土塀が見えた。

開け放された黒塗りの門の前に車をとめると、早朝の来訪に気づいた使用人が驚いたようすで走り寄ってきた。

あがってお待ちくださいと言うのもかまわず、片桐は「遠野はどこだ」と玄関先で怒声に近い声をあげる。

頭領の補佐役であり長老会のメンバーでもある遠野が、寝間着の上に半纏《はんてん》を羽織った姿で慌ただしく玄関から出てきた。走ってついてきた家人たちが後ろに控え、「朝っぱらからなにごと?」といった怪訝《けげん》な顔で挨拶の頭を下げた。三世帯同居の七人家族で、その中には寝起きのガウン姿で凜を睨みつける美咲もいた。

「あれはどうなってる」

いきなり言われて、遠野は首を傾げた。

「は?　あれといいますと?」

「去年、川で猫族の子供を拾ったと言っておっただろう」

予想もしていなかった片桐の言葉に、凜は驚いて老人二人の顔を見比べた。

大牙と偕も、息を飲んで遠野の返答を待った。

「あ……あれは……」

「身元はわかったのか」

「は、はい」

「どこの娘だ。なぜ報告しなかった」

「いえ、報告するほどのことでもなく……」

遠野は答えを濁しながら、視線を逸らす。

その後ろで遠野の妻が顔色を失くして口を引き結び、他の家人も視線を浮遊させさせながら身を固くする。一家全員が明らかにうしろめたいようすで、彼らがなにか重大なことを隠しているのがありありと見て取れた。

「そうだ。あのときはたいしたことじゃなかった。発見したおまえが片づければいいだけの問題だったからな」

「ですから……あの件はもうすんだので」

「だからわしも、おまえに任せて今の今まで思い出しもしなかったが」

「い、いったい……なにが……」

彼らの会話からことの全貌《ぜんぼう》はわからないが、うろたえる遠野はなにか隠してはいても、どうして自分が追及されるのか理解できていないらしい。

偕だけはおおよその推測がついたようで、

「川で拾ったって、まさか」

遠野から片桐、そしてまた遠野へと厳しい目を往復させた。

「じーちゃん、こっちだ」

どこからか駆けてきた亨が、家屋の裏手を指さしながら呼ぶ。

ゾロゾロと亨のあとについて裏庭に走ると、蔵の前に史彦と巽が立っていた。

「確か去年、身元の知れない女の子を離れで保護したと言ってましたよね。ちょっと探させてもらいましたよ、遠野さん」

史彦が、古式ゆかしい扉をコンと叩く。

「あれからずっと、こんな蔵に閉じこめていたとは驚いた。格子窓の隙間から臭いが漏れてる」

玄関前で押し問答している間に、片桐父子《おやこ》三人が敷地内を探索していたのだ。

「おまえ……、遠野。なんということをっ。開けろ！　すぐに開けるんだ！」

片桐は激昂のあまり唇を震わせ、怒声を放つ。

観念した顔の遠野が、鍵を持ってくるようにと妻に命じる。

少なくとも築百年は経っていようかという古い蔵だ。錆《さ》びた軋みをあげて扉が開かれると、明かり取りの窓から射しこむ細い朝陽の中で埃が舞い、カビ臭い澱《よど》んだ空気が漂い出してきた。

薄暗がりの中、大小の箱が雑然と置かれた奥に鉄格子がある。畳を四枚ほど敷いた蔵牢だ。踏みこんで目を凝らすと、檻《おり》の一隅に六、七歳くらいと思える少女が座っているのが見えた。

おかっぱをそのまま散切《ざんぎ》りにしたような髪に、不健康な白い肌。痩《や》せた体には、すすけて形の崩れた浴衣《ゆかた》。決して人間らしい待遇を受けているとは言えない無情な姿だ。

少女の顔を見て、凜は驚愕した。

「ひ、比奈ちゃん？」

思わず声をあげると、脅える少女はビクリと肩を震わせる。

「どうして、ここに」

「なんてひどいこと。鍵を開けて。早く出してあげてください」

偕が急かして言うと、焦る遠野がおぼつかない手つきで錠に鍵を差しこもうとする。焦れる大牙が横から鍵を奪い、ガチャリ！　と古びた錠を開いた。

「箱崎比奈ちゃんだよね？」

凜が急いで中に入って再度訊ねると、少女はわずかに身を引き、そしておずおずと頷く。

北海道一周の家族旅行で事故に遭い、渓谷に流された遺体があがらないままに葬儀を行った母方のイトコ。亡き叔母の一人娘である比奈だ。

最後に会ったのは二年も前だったろうか。母と叔母の面差しによく似たその顔は、今でも変わらない。

「俺を憶えてる?」

歩み寄ってそっと手を握ってやると、真っ白い小さな手が握り返してくる。

「凜……にいちゃん」

震える声で言う比奈は、凜の顔を思い出して安心したのか、すがりついて泣き出した。

「事故で亡くなったはずの、凜のイトコですよ。なぜこの子がこんな扱いをされているんですか。いったい、どういうことです?」

偕が片桐に非難を浴びせると、片桐は遠野を振り返って怒りの拳《こぶし》を握る。

「遠野!　どういうことだか説明しろ!」

怒鳴られた遠野老人は血の気を失い、重い口を開いた。

「じ、実は……」

一年前、事故で家族三人を乗せた車は崖《がけ》から渓流に落ち、幼い比奈だけ割れた窓から投げ出されてしまった。しかし運のいいことに、川遊び用に買ってもらったばかりのスイムベストが嬉しくて、比奈は車の中でそれを着けていた。おかげで沈むことなく、たいした怪我もなく渓流からこの人狼村の支流にまで流されてきた。それを救いあげて保護したのが、遠野だった。

　ちょうど、遠野が所有する札幌の土地開発の利潤を巡って、不動産業者とゴタゴタしていた頃のことだ。最初は警察に届けて比奈を親族のもとに返すつもりでいた。だから頭領である片桐にも、保護しているという話だけはしていた。しかし、事故で家族三人死亡という翌日の地方新聞の小さな記事を読み、比奈が猫族の旧家の娘だと知った遠野は、業者との取り引きに利用することを思いついた。そして、その後の報告もせずなにくわぬ顔で比奈を蔵に閉じこめ、家族ぐるみで隠蔽《いんぺい》した。実はその業者は比奈の家と姻戚関係にある猫族の人間だったので、恩を売って取り引きを有利に進めようと考えたのだ。

　ところが、切り札を利用する前に不況の影響で土地開発計画があっけなく流れてしまった。

　そんな経緯があって、私欲の企てが発覚することを恐れた遠野は比奈を表に出すことができず、無責任にも蔵に閉じこめたままだったのである。

「ひどいことを……」

　凜は泣きじゃくる比奈を抱きあげ、偕と並んで咎《とが》める視線を遠野に向けた。

「頭領の補佐たる者が、情けねえな。それで、使い道のなくなったこの子を高峰の問題に利用したのか」

大牙が突っこんで言うと、遠野はキョトンとした顔でオロオロする。

「そ、それは……なんのことです？」

「この期《ご》に及んでまだとぼけるか。なんの理由があってそんな物騒なことをする？　観念して白状せい、遠野」

叱責《しっせき》する片桐はもはや怒りを通り越し、問いつめる顔に呆《あき》れと失望を浮かべている。蒼《そう》白《はく》となり果てた遠野はこめかみから汗をたらし、力のない声を振り絞った。

「しかし、わ……私は本当に……。この件はどんな懲罰でも受ける覚悟ですが……、高峰の問題というのはなんのことだか、まったくもってわからんのです」

「あんたが猫族を雇って凛を襲わせた。報酬としてこの子を与える手はずだったんだろ」

遠野は「ひえぇ」と驚きの声をあげ、今にも腰を抜かしそうな足を踏ん張った。

「と、とんでもない。どうして私が猫族を……なんのために」

「こっちがそれを訊いてるんだ」

「いや、確かに私はその子を隠した。猫族だからといって、せっかく助かった命を軽んじた所業は恥じとります。だが、それ以上のことはなにも」

潔く罪を認めることで少しでも免罪符をえようとする遠野は、必死になって否定する。

「片桐さん、この人は本当に知らないようですね」

「うむ……。それじゃ、いったい誰が」

一歩進み出た偕の言葉に、まだ疑いが晴れないといったようすの片桐は苦虫を噛み潰した顔で口ひげを撫でる。

「お聞きしますが、遠野さん。比奈ちゃんをここに閉じこめたことを知っているのは、こちらのご家族だけですか？」

「そ……、そのはずです」

「凜は昨夜、二匹の狼と二匹の猫に襲われました。彼らは、首尾よく行ったら猫族のメスをもらえると言っていたそうですが――」

偕は、凜が襲われた一件を説明して首謀者の所在を追及していく。しかし遠野は、そんなことをして我々になんの得があるのかと、口をパクパクさせてひたすら首を横に振るばかりだ。

そのやり取りを黙って聞いていた大牙は眉間に深いシワを刻み、蔵の外に目を向けて低く唸る声を発した。

「美咲。おまえか」

一家全員が蔵の戸口で青ざめる中、名指しされた美咲はビクリと飛びあがった。

「なんだと……？　み、美咲？」

遠野は、なぜ美咲の名が出るのかという怪訝な表情で孫娘を振り返る。

美咲は一瞬唇を噛みしめ、思いつめた顔をキッとあげた。

「あたしは……片桐のおじいさまのお手伝いをしたのよ」

「なに、わしの？　わしはなにも頼んではおらんぞ」

唐突に矛先が向けられて、片桐はあたふたと目を丸くする。

「おじいさまは、その人が邪魔だったでしょう？　青年団の人を使って大牙と別れさせようとしたの、知ってるわ」

「美咲……まさか、おまえがやったのか？　本当に、猫族を村に引き入れて？」

「だって、猫で男だなんて、大牙にふさわしくないもの。村のためにも大牙はあたしと結婚するのが一番なの。おじいちゃまだって、そう思うからあたしたちの婚約を推《お》してくれたんでしょ」

言う表情が、自分は悪くないという勝ち気な色を取り戻していく。

「わしも確かに一度は汚い手を使った。少しばかり脅せばあきらめるだろうと思ったんだが……、しかし殺せなどとまでは」

「嫌だ。あたしだって殺せなんて怖いこと言ってません。死んじゃってもいいくらい思い知らせてやれって頼んだだけよ。高峰凜の代わりにメスの仔猫をあげるから、家に帰して謝礼をもらうなり調教して稼がせるなり自由にしていいって、そう言っただけ」

結果、死んでしまえば殺せと言ったも同じことである。幼い比奈までも踏みにじる盲目的な身勝手さだ。

でも、今は大牙に執着する美咲の気持ちがわかるだけに、凜は非難の言葉を見失ってしまう。

嗚咽《おえつ》が鎮《しず》まりはじめた比奈を蔵の外に連れ出してやると、比奈は一年ぶりの陽射《ひざ》しを眩《まぶ》しがって凜の胸に顔を伏せた。

悄然《しょうぜん》として声も出ないというようすの遠野も、重い足取りで蔵を出る。一番ショックを受けているのは、美咲の両親だろう。二人は顔を強張《こわば》らせ、張りついたように立ちつくしていた。

「この子にも凜にもひどいことをして、それで俺がおまえのものになると本気で思ってるのか」

大牙がつめ寄ると、美咲の神経がピリピリと昂ぶっていく。

「どうせ忘れられた子だったのよ。こんな蔵にいるより、同族にもらわれてったほうがよほど幸せってものだわ。そいつだって、いなくなったほうが大牙のためになる」

「美咲ちゃん……もうやめて。私たち、いけないことをしてしまったのよ。一緒にお詫《わ》びしましょう、ね」

　母親が目元を潤ませて言うけれど、彼女の耳には届かない。

「あの、美咲さん。少し落ち着いて」

「なんなのよ、あんた。昨夜はひどい目にあってボロボロなんじゃないの？　ああ、もう猫なんて図太くて最低」

「実害は免れたよ。大牙が助けてくれたから」

　罪は問わないから落ち着いて話し合おう。そう続けたかったのだけれど、美咲の瞳孔《どうこう》が開いたと思うや、凜の頬がパンッと痛烈な音をたてた。

　比奈を抱っこしていたので避けられず、まともに平手をくらってしまったのだ。

　よろけた体が大牙に支えられて、ふと目をあげた先に拳が見えた。殴り返そうとする大牙の手だ。

「大牙、やめろ！」

　凜は思わず制止の声をあげた。

「どんな理由があっても、女の人を殴っちゃだめだ。しかもグーなんて」

　手をとめた大牙が、渋々と指を開く。平手打ちにびっくりした比奈が、凜にしがみついて再び嗚咽を漏らした。

　突然、美咲は狂ったように叫び、拳大の石を拾うなり凜に向かって振りあげた。企ての失敗を知って、ぎりぎり保っていた精神の均衡《きんこう》が崩れたのだ。

　慌てた美咲の兄二人がとっさに両側から取り押さえ、石をもぎ取ろうとするけど美咲は握った手を開かない。

「いやーっ、離して！　殺してやる。あんなやつ、いなくなっちゃえばいいんだあ！」

　二十歳の女性かと疑うような力で身を悶えさせて暴れ、しまいには地面に崩れ伏せても硬直した手は石を放さない。朦朧《もうろう》とする目の焦点は合わず、過呼吸で喉が喘鳴《ぜんめい》した。興奮して叫ぶ言葉はなにを言っているのか聞き分けられないほど、自我をなくしていた。

「ヒステリーだ。これはもう僕たちの手にはおえない」

　長老会で了承された婚約を断られて以来、美咲は思いつめるあまり心を患《わずら》ってしまったのだろう。医者を呼んだほうがいいという偕の勧めで、父親が電話をかけにあたふたと母屋へ走る。

　大牙は怒りのやり場に困ったようすで、凜の肩を抱き寄せた。

それぞれに苦い思いを残し、片桐家の面々は一日の準備に取りかかった。

朝食のあと村長である史彦は役場、巽はバイクで隣町の予備校へ、亨は自転車で高校に出るのである。

そして偕は、広い和室の床の間の前で、神妙な顔の片桐と向き合っていた。

「片桐さん。今回の件の責任所在は、自覚していらっしゃいますね？」

膝づめで迫ると、片桐は額に脂汗を滲ませ「うむむ」と唸る。

凜は大牙と並んで偕の後ろに控え、ハラハラしながら談判の成り行きを見守る。なぜか予備校があるはずの巽まで、応援に入るとか言って話し合いに参加していた。

「比奈ちゃんの件は、頭領であるあなたの監督不行き届き。保護したと聞いたときに事態を軽視せず、責任持ってあなたが対処していれば、あの子はあんな蔵に閉じこめられることもなく祖父母に引き取られていたはずです」

「ま……まことに、遺憾である」

「そもそも、それが凜の命を危険にさらすまでになった事の発端。その結果、微妙だった凜と大牙くんの関係進展に拍車をかけ、恋愛を成就させるに至ってしまった。おかげで僕と凜の婚姻《こんいん》は絶対不可能になりました」

「う……うむ」

「まあ、僕にもプライドはありますから。こうなった以上は、素直に二人を祝福してあげたいと思います。あ・な・た・も、彼らの関係を認めて祝福するしかありませんよね」

片桐は胸の前で腕を組み、我が膝を見つめながら口元を引きつらせた。

「それとこれとは、問題が……」

切り離して解決しようとするけど、偕はそれを許さずつけこみ、畳みかける。

「比奈ちゃんは僕が責任持って、鹿児島の箱崎家に送り届けます。しかし、あちらの方々にこの一年間をどう説明したらよいでしょう。もし警察沙汰《ざた》にでもされたら……、警官や記者、果ては野次馬まで押し寄せて、静かなこの村は蜂《はち》の巣をつついたような騒ぎになるでしょうね。村を率いる頭領に住民が従うという特殊な形態がクローズアップされて、日本中の興味と好奇心の的《まと》になってしまうかもしれない」

片桐の気難しそうな眉根が、ヒクヒクと歪んだ。

「僕はそんな騒ぎにかかわりたくありませんし、できれば若い美咲さんの病気回復と将来を考えて穏便にすませたいところです。ですから、あちらには波風立たないようにうまくお話ししようかと思いますが」

偕は腰を低くしながらも上目遣いで膝を進め、柔和だけれどはっきりした誘導を突きつける。

「大牙くんと凜の関係を、認めていただけますね？」

窓から差しこむ朝陽の下で、キラリと光るキャッツアイが縦長に絞られた。

片桐は居心地悪そうに尻をモゾモゾさせ、

「み……認めよう」

短いひと言をボソリとこぼした。

あっという間に決まった勝負に、凜は「さすが偕さん！」と胸の中で叫んだ。その隣で大牙が小さく両手を挙げ『完敗』という顔で笑う。巽も、勝利をたたえる拍手をパチパチと送った。

これで一件落着。わずらわしいことはすべて片づいて、あとは大牙との平穏で愛しい生活が待っている。

片桐を残して部屋を出ると、偕はフウと収束の息を吐く。

「僕は先に午後の飛行機で発つよ。鹿児島の箱崎家に比奈ちゃんを送り届けてから沖縄に帰る。凜はもう少しゆっくりしておいで」

「うん、ありがとう。あちらによろしく伝えて」

「俺らは、もう一日大学をサボって明日戻るか」

「そうだね。せっかく北の大地にきたんだから、雄大な自然を観てみたいな」

「ここらは山と川しかないがな。案内してやる」

などと気楽に予定を話していると、襖がガラリと開いて片桐が顔を出した。

「あ〜君、ちょっと。高峰……偕くん」

呼びとめられて、振り向いた偕は柔和に微笑む。

「はい」

「碁は打てるかな？」

「たしなむていどなら」

「よし、一局やらんかね」

「いいですね。挑ませていただきます」

気まずい話し合いのあとだというのに、なんだかんだ片桐は偕を気に入ったらしい。表情は苦虫を噛み潰したようだけど、碁のしたくをしにいそいそと顔を引っこめた。

「じゃ、俺が立ち会うよ」

「巽くんは、予備校があるんじゃないのか？」

「今日は欠席。お客様のおもてなしのほうが大事だから。あとで空港まで送るし」

「それは助かる。君も碁ができるとは、若いのに渋い趣味だね」

「偕さんだって若いでしょ」

親しげな会話をかわしながら、巽は偕の背に手を添え、祖父の待つ室内に戻った。

自分の身内と大牙の身内が仲良くしてくれるのは、とても嬉しい。晴れ晴れした気分の凜は、大牙に促されて廊下を進んだ。

通りぎわに台所を覗いてみると、風呂《ふろ》あがりでホコホコになった比奈がジュースを飲んでいた。片桐三兄弟のお古だろうか。糊《のり》の利いたトンボ柄の藍染《あいぞ》め浴衣を着せてもらっていて、凜と大牙にさっぱりした顔を向けて無邪気に手を振った。

「話し合いはどう？」

大牙の母が、開口一番に訊く。

「偕がうまくやった。この子は午後の飛行機で九州に連れて帰ってくれるそうだ。俺たちは明日東京に戻るけど、あとで俺の荷物をまとめて凜の家に送るから」

「そう……、寂しくなっちゃうけど、よかったわ」

凜は、大牙の母に深く頭を下げた。

しんみりする母は気を取りなおし、ご機嫌でジュースを飲む比奈の頭を撫でてやる。

「あとでおばちゃんとお買い物に行こうね。飛行機に乗ってお祖父ちゃんとお祖母《ばあ》ちゃんのとこに帰るんだもの、おしゃれしなくちゃ。ついでに、パーラーにでも寄ってパフェ食べようか」

「うん！　比奈はチョコレートパフェが大好き」

「オーケー、オーケー。チョコレートパフェね」

一年もの間、怖い思いをしたのに比奈は片桐一家を信頼してくれている。狼族の臭いがトラウマになるんじゃないかと少し心配していたけど、こんなに可愛い笑顔を見せてくれて本当によかったと思う。

「すみません。よろしくお願いします」

「凜くんも疲れたでしょう。ゆっくり休んでちょうだい」

凜は再度、感謝をこめてさっきよりもさらに深く頭を下げた。

「じゃ、行こうか」

大牙に手を引かれて台所を出る。連れていかれたのは、風呂場だった。

「風呂に入るの？」

「ああ。泥だらけだったろ、俺たち」

言われてみれば、管理小屋から獣の姿で雨あがりの山道を駆け、帰るなり汚れを落とすヒマもなくとりあえず服だけ着ていた二人なのである。

「一緒に？」

「うちの風呂は広いぞ」

結ばれたばかりの大牙と一緒に風呂に入るのは、ちょっと恥ずかしい。

でも、今さらだ。

「ほんと、広いね」

開きなおって風呂場に入った凛は、目を丸くした。

大牙の言うとおり、脱衣所も広いけど浴室も広くて、高級旅館なんかの個室露天風呂のような立派な風呂だ。開け放した高窓からは、青い空と枝葉を伸ばした樹々の緑が鮮やかに見える。そして、たまらないのは浴室に漂う深い癒《い》やしの香り。

「すごい！　温泉引いてるの？」

黒タイルの浴槽に張られた湯船は濁り湯だ。

「近くに湯元があるんだ」

小学生の頃の家族旅行以来の温泉である。凛はいそいそと服を脱いで、さっさと体を洗うと湯船に飛びこんだ。

「ぜいたくだねえ。いいねえ。大人になると温泉のよさが身に沁《し》みてわかるよね」

頭にタオルを乗っけて手足を伸ばすと、高窓のはるか上方に広がる青空を見あげて目を細めた。

先に入浴した比奈に合わせてか、ぬるめに設定した湯温がゆったりして気持ちいい。

「やっと落ち着いたな」

大牙も白い湯に肩を沈め、しみじみと息を吐いた。

「いろいろありすぎて、疲れるヒマもなかったよ」

大牙に再会してからの目の回るようなゴタゴタが夢みたいだ。

「東京に帰ったら新婚さんだぞ、俺たち」

「食事係は任せた」

「じゃあ、凜は掃除係」

「え〜、それは休みの日に一緒にやろう」

久しぶりにリラックスすると、あれこれ想いを馳《は》せては知らずお喋りの口が弾む。

「偕さんは、比奈ちゃんをお嫁さんにするのかな」

「最初はそういう話だったんだろ」

「うん、でも……偕さんて独身主義者な気がするんだけど」

「だとしても、高峰のために結婚するんじゃないか？」

「あの人って本の虫だけど、それ以外に物欲がないっていうか……、わりとストイックで淡白なような。どっちかっていうと弟のほうが家督意識が強いかな」

「弟がいるのか」

「まだ中学生だけどね」

「年の離れた兄弟か。じゃあ、弟があの子を嫁にもらえばいい」

「そうなるかもしれないね。ところで……遠野家の人たちは、どうなるんだろう」

ふと気になって、訊いてみる。

「あの一家は人道的にとんでもないことやらかしたからな。最低でも資産没収はあると思う。美咲に協力したやつらにも、捕まえてそれなりの制裁は加えるだろう」

「美咲さんは……、ちょっとかわいそうだった。俺、今は彼女の気持ちわかるから」

「ひどい目に遭って、どこがかわいそうなんだ」

「だって、善悪を忘れて心を病《や》むくらい大牙のこと好きなんだよ？」

大牙は、う～んと唸って天井を仰ぐ。その顔を覗きこむと、湯船からニュッと伸びた手に抱き寄せられて、頭に乗せていたタオルがポチャンと湯に落ちた。

「俺は、女の気持ちなんか気づかないくらいどうでもよくて、おまえのことしか頭になかったんだ」

「それじゃ、なんで女の子とエッチしちゃうの」

「大学を卒業して一人前になるまでと思って我慢してると、疼きが溜まってどうしようもなくなる。だから後腐れのない女で紛らわしてた」

「フェミニストなのに」

「なんだそれ」

「吉田先輩が言ってた。大牙は無愛想なくせに女の子に優しいからモテるんだって」

「ああ、か弱い女を労るのは男として普通だろ」

大牙は性的な意味をまったく含まずサラリと言う。モテる自覚がなさすぎるのだ。

「でも、優しくされたら女の子だってその気になっちゃうだろ。美咲さんみたいに、あきらめられなくなる子がいるってことくらい考慮しとけよ」

凜は、ちょっとふくれて大牙を睨んでやる。

「会えなかったとはいえ、心に決めた凜がいるのに女遊びをしたのは若気の至りだ」

「他にも大牙に執着してる女の子がいたらどうする気?」

「悪かったよ。結局、おまえを命の危険にまでさらしたのは俺だった。反省する。もう二度と嫌な思いはさせない」

大牙はくつろいでいた体を起こして座りなおし、湯船の中で凜をきつく抱きしめた。

「いいけどさ。なにがあっても俺は大牙を信じることにしたから」

「ああ、おまえは俺のものになってくれた。今はいつでも手の届くところにいるんだ」

やっと手に入れた安堵とでもいうような、満足そうな顔を凜の首筋に埋める。

「うん。ずっと、一緒にいるから……」

そう言ってやると、大牙は凜の唇をペロリと舐めて舌を差し入れてきた。

凜は、大牙の首に腕を回し、覚えたばかりのキスで応える。

舌を絡ませて口腔《こうこう》を探り合う音が、ピチャピチャと浴室内に響いて艶めかしい。早くも反応を見せた中央が固く張り出して、ひどく疼いた。

「ほんと、キスが好きなんだな」

「ん……」

キスにかぎらず、体が触れ合っているだけで感じてしまうのだ。

湯の中で大牙の手がうごめいて、肌をすべる指に胸元を撫でられる。尖った乳首がどんどん過敏になっていって、下腹をダイレクトに蕩かしていく。

「はぁ……あ……ん」

悩ましい呼吸が喘ぎ混じりになり、つまんだ乳首をクリクリと揉《も》まれるたびに勃ちあがった幹が痙攣《けいれん》した。

「敏感な体で、愉しませがいがある」

大牙は、凜の片足を持ちあげて体勢を変え、自分の膝にまたがせた。

「ちょっと立ってみな」

「うん……？」

言われて、膝をまたいだ格好のまま素直に立ってみる。露わな快感の形が、大牙の目の前に張り出した。

「そんなに見られたら……恥ずかしいんだけど……」

「凜の体は、どこもかしこも可愛い」

大牙は舌なめずりして言うと、口を開いていきなり凜の快感の形を咥えこんだ。

「やぁ……っ」

思わず声を漏らしてしまう。

当然ながら、男の大事な部分を口に含んで愛撫されるなんて初めてのことだ。

大牙が顔を前後に動かすと、柔らかくぬめる舌と上顎が凜の勃起《ぼっき》を摩擦する。過敏な先端を何度も強く吸いあげられて、下腹に集まった流れがドクドクと脈打つ。

昨夜したばかりだというのに、射精感の訪れが早くて焦ってしまう。大牙の肩に手をついて懸命にこらえるけど、膝がガクガクして今にも力が抜けそうになった。

「ここの悦《よ》さ、ちゃんと覚えてるか？」

大牙は窪みの奥に指を挿《さ》し入れ、ゆるゆると内壁を擦りはじめた。

もちろん、どんなに悦かったか体はしっかり覚えてる。ただでさえ湯で温まっているのに、下腹の芯が急激に熱をあげて頭がのぼせていく。そのうえ後ろまで侵攻されたら、もうたまらない。

圧迫される重量感が欲しくなって、襞がどんどん緩んでいった。

「ああ……っ」

「温泉でリラックスしてるせいか、ほぐれるのが早いな」

「そこ……もう……あ」

一番悦いところを中指の腹で集中的に攻められて、焼け熔けてしまいそうな感覚に下半身がどうしようもなく悶えた。

「は……あっ……あぁ」

息も絶え絶えの喘ぎと同時に、こらえきれなくなった膝がガクリと崩れた。

大牙の胸に倒れこみ、両腕で彼の広い肩にしがみつく。その腰が大牙の膝の上で抱きなおされて、またいだ格好の狭間に熱塊の先端があてられた。

「あ、大牙……こんなとこで挿《い》れちゃ……っ」

「ここまできたら、最後までいかなきゃ気がすまないだろ」

言ってる間にも、隆起の先がミシミシと襞を広げていく。

望んだ重量感が内壁を圧迫しながら奥へと突き進んでくる。上から肩を押されて、腰が深く沈みこんだ。

「ん……っ」

「早く帰って、ベッドでちゃんとやりたいな。まだ他にも、いろんなテクで悦くしてやるから」

「テ……テク？　他に……やることがあるの……？」

「まだ凜の体が慣れてないだろ。今はまだ、かなり加減してるんだぞ」

「うそ……、だって……」

実に今、加減されてるとは思えないほど感じているのだ。これで大牙の言うテクとやらを施されたらおかしくなってしまうんじゃなかろうかと、未知の快感を想像して全身がゾクゾクと粟立った。

「愉しみだ」

大牙は言うと、凜の体を浮かせてはおろし、何度も腰を上下させる。

「はあ……あ……ああ」

奥深くを滾《たぎ》る隆起で摩擦されると、もっと刺激が欲しくなってはしたなくも小刻みに腰を揺らしてしまう。

湯船が激しく波打って、バシャバシャと水音をたてた。凜の喘ぎ声が浴室の壁に跳ね返って、艶めかしくこだました。

「ふ……風呂の外に……聞こえ……」

せめて声だけでも抑えようとしたけれど、閉じることのできない口からは勝手に喘ぎが次々とこぼれ出る。

湯の中で揺れていた勃ちあがりを強く握られて、下腹に溜まった熱が一瞬にして弾けそうになった。

「や……、だめだ……出ちゃう」

「いいよ。気持ちよくイきな」

「だめだって……お、お湯が汚れる……っ」

必死に耐えながら言うのに、握る手に強引なスパートをかけられて快感が急上昇してしまった。

「湯は抜いて入れ替えればいい」

「あ……あぁ」

体内にぎっちり埋まった大牙が膨張して、凛の欲望の放出を誘う。

「一緒にイこうぜ」

低く甘い声が耳に流しこまれる。

とどめを刺すような激しさで腰が突きあげられて、エクスタシーの火花が飛んだ。

「んっ……あ、大牙……あっ」

抱き合う二人の体がリズミカルに弾んで、湯船が大きく波打つ。

凛は喘ぐ喉を反らせ、肩を震わせながら極みの白濁を放った。一緒にと囁いた大牙も、凛の最奥に熱液を広げた。

やがて水音が静まると、まだ整わない呼吸だけが浴室内に残る。湯に浸かったままの体温が下がらなくて、グルグル回る頭の中が真っ白だ。

凛は潤んだ瞳で大牙を見つめ、

「温泉って……気持ちいい……」

のぼせてわけのわからないことを口走ってしまう。

「ああ、気持ちいいな」

「そうだ……いいこと思いついた」

「なんだ？」

「どっかで温泉の素……買って帰ろう」

言うと、ぐったり大牙の胸にもたれかかった。

# 美猫と年下狼の恋模様

沖縄と比べて東京の空はずいぶんと澱《よど》んで見える。

そんなことを漠然と考えながら、偕《かい》は分類を頼まれた資料文献を机の上に積みあげた。

都心にある大学図書館に非正規職員として勤務を始めて早五ヶ月。旧館の片隅に位置する深井《ふかい》教授の資料室は、人の出入りもほとんどなく閑静《かんせい》。壁を占領するかのようにして作りつけられた棚には、書物の他に伝統芸能の衣装や面、刀剣、遺跡や古墳からの出土品などがびっしり並ぶ。どこからか古人の息づかいが漂ってきそうな、まるで時間から取り残されたような異質な空間だ。

深井は古代における巫女《みこ》と呪術《じゅじゅつ》師の比較研究をライフワークとする民俗学の教授で、ゼミではずいぶんと目をかけてくれた大学時代の恩師。希少《きしょう》となりつつある猫族の純血種であり、偕と同郷の沖縄出身でもある。そんな縁で、去年の初冬に研究論文作成の手伝いを要請された。ちょうど、高峰《たかみね》の血筋を守れだの二十歳近くも年下の純血の嫁を娶《めと》れだのと親族に押しつけられて、辟易《へきえき》していた頃だ。偕は気乗りしない家督相続から逃げるチャンスだとばかりに、深井の申し出を快く引き受けた。そして、すみやかにこの大学に併設された図書館に職場を移し、現在はアルバイト司書と教授の助手役を務めながら気ままな一人暮らしを満喫しているのだった。

付箋《ふせん》紙を挟んだページを開き、ふと視線をドアに向けて首を傾《かし》げた。

普通の人間より聴覚が鋭いのは、猫族の特徴。廊下の向こうから、覚えのある足音が聞こえてきたからだ。

音を聞き分けるというより、気配を感じ分けると言ったほうが近いだろうか。でも、よく知った人物のような気がするのに、その面影が脳裏に浮かばない。誰《だれ》だったろうかと考えてみるけど、思い出せそうで思い出せない。

古めかしいドアの前で足音がとまる。コンコンと軽やかなノックが訪れを報《しら》せ、返事を待たずにギィと音をたててドアが開いた。

ひょいと顔を覗《のぞ》かせた青年を見て、偕は驚いて目を瞠《みは》った。

「片桐《かたぎり》……巽《たつみ》くん？」

見あげるほどの長身で、アッシュがかった茶色の髪、透明感のある色素の薄い瞳《ひとみ》。イトコの凜《りん》が伴侶《はんりょ》に選んだ片桐大牙《たいが》の弟、巽だ。

顔立ちのよく似た兄弟だけれど、こちらは大牙を社交的で饒舌《じょうぜつ》に修正したような、なかなかの好青年である。

「どうも、偕さん。お久しぶり」

「君、北海道の医大を目指してたはずだよね。なぜここに？」

去年初めて会った時、巽は地元の医学部を目指す浪人生だと言っていた。確か二ヶ月ほど前だったか、大学名までは聞いてないけど無事受かったらしいということは、凜と電話で話した時に近況報告の一端みたいにしてチラリと聞いてはいた。

しかしその頃の偕は大学図書館の仕事が忙しく、「へえ、よかったね」というていどの感想でたいして気にもせず、そのまま彼のことは忘れていたのだ。

北海道にいるはずの巽が東京の、しかも偕の勤める大学の、一隅にあるこの資料室に現れるなんて予想もしていなかった。

だから、聞き覚えがあるはずの足音の主《ぬし》の顔がまったく思い浮かばなかったのも、しかたのないことである。

偕が切れ長の二重《ふたえ》の目元を不思議そうにすがめると、巽は人懐こい笑みを浮かべてデスクに歩み寄った。

「俺、ここの医学部一年生」

「は？」

意味が理解できずに大きく首を傾げてしまう。

「ギリギリで志望校を変えたんだ。偕さんが東京で一人暮らし始めたって、凜くんから聞いて」

「はあ？」

「間に合ってよかったよ。聞くのがもう少し遅かったら、二浪して受験しなおすか編入試験を受けるかでよけいな手間がかかっただろうからね」

「ちょ、ちょっと待て。志望校を変えた？　僕が東京にいるから？」

椅子《いす》に座ったまま目を丸くして見あげると、巽は嬉《うれ》しそうに偕を見おろして「うんうん」と頷《うなず》く。

「意味がわからない。どういうことかな？」

「あの時、次に会ったら最後までさせてくれるって偕さん言ったでしょう。だから、あなたに会いたい一心でここまで来た」

「う……」

記憶の底に埋もれていた秘《ひ》めやかなシーンが、まざまざと脳裏によみがえった。

確かに、そんなようなことを言った覚えはある。

『あの時』というのは、凜に付き添って北海道の片桐家に抗議に訪れた日。姿の見えなくなった凜と大牙を心配して帰りを待っていた夜のことだ。

あの日の夕暮れ時、道路に落ちていた凜のカバンと脱ぎ捨てられた大牙の服だけが発見されて、にわかに騒ぎが勃発《ぼっぱつ》した。発見者の話によると、凜が何者かに拉致《らち》されて狼《おおかみ》に変身した大牙があとを追ったらしいという。

万事解決した今となっては、無事でよかったと笑って言える事件だが、あの晩は最悪の事態を考えてまんじりともしなかった。

なにしろ、一度は妻に迎えてもいいとさえ思った可愛《かわい》いイトコである。

客間に用意された布団に横たわる気にならず、玄関から聞こえるであろう帰宅の物音を期待してピリピリと神経を研《と》ぎ澄ませていた。大牙が怪我《けが》ひとつなく凜を連れ帰ったら、二人の関係を認めて祝福してやろうとひたすら無事を祈った。

そんな偕を気の毒に思ったのだろう。片桐のテリトリーで起きた事件の呵責《かしゃく》や責任感からだったのかもしれない。

巽は支えるようにして偕の隣に座り、「大牙兄《にい》がついてるから大丈夫。狼族で一番強いと言われている力を信じてやって」と言って励ましてくれた。夜が明けるまで話し相手になって、偕の不安を紛らわしてくれた。

それが……なぜか肩を抱かれて寄り添う格好になり、気がつくとお互いの唇が触れ合っていた。

さらにどういう弾みだか、布団に押し倒されて服がはだけられ、お互いのズボンの中に手を入れ、あからさまに反応したモノを握り合っていた。

五歳も年下のくせにその手の動きは迷いもなく巧妙。あまりにも自然な流れですっかり抵抗を忘れていたのだが、よく見れば巽は容姿も中身もまあ好ましいタイプである。人に威圧感を与える大牙とは正反対で、そつのない話術もさりげない気遣いもすべてにおいて好印象。執着されるような熱っぽい会話や雰囲気を感じなかったので、気持ちよく流れに身を任せる気になった。さすがに、最後までいく余裕のある状況ではなかったから手だけで終わったけれど、おかげで気が楽になって仮眠も取れた。

それもこれも、一夜かぎりの関係だと、彼がドライで深追いしないタイプだと思ったから。一度くらいなら若者の性衝動を受けてやってもいいだろうというていどの気軽さだった。だから、『次に会ったら――』というのはほんの社交辞令のようなもので、お互い割りきってサラリと終わったつもりだったのだ。

「ほんとに、僕に会うためだけにここを受けたのか？　一浪してまで目指してた志望校をやめて？」

まさかと思いながらも訊《き》いてみると、巽はデスクに積みあげた資料の向こうで大きく首を縦に振る。

「ばっかじゃないか、君は」

偕は呆《あき》れて、思わず声を張りあげてしまった。

「せっかく追いかけてきたのに、ばかはひどいなあ」

「ばかだろう。ばか以外の何ものでもないだろう。大学というのは、勉学に勤《いそ》しむ環境や得られる経験を第一に考えて選ぶものだ。医者としての生涯に影響する貴重な六年間なんだぞ」

「いや、地元を希望してたのは、家から通える距離だったから。どうしてもそこじゃないといけない理由はないんだ」

「それにしたって、ただやりたい一心で簡単に変更するなんていったいどういう価値観をしてるんだか」

「違う。やりたいだけなんて、俺のこの感情はそんな低レベルじゃないよ。純粋に偕さんのことが好きで、追いかける価値のある人だと思ってるから迷わず行動した」

「そもそも、それが理解できない」

もとより、面倒な恋愛よりも束縛されない関係を好む偕である。

読書が趣味で、古い文献を読み解いたり、海外文学を訳しながらじっくり読みこんでいったりするひと時がなによりも大事。恋愛なんかに時間を削《けず》るのはもったいないとしか思えない。だから今まで恋人など作らず、深い関係を望まれそうな相手は徹底して避けてきたというのに……。

「アレはあの場だけの盛りあがりだと、僕は思ってたけど？　たかが一晩一緒にすごしただけで、どうしてそんな情熱的になれる？」

「それは──」

巽はちょっと首を傾げながら、デスクの脇《わき》に回りこんで偕の横に立つ。

「不思議だよねえ。俺も最初はこんなじゃなかった。魅力的な人だから、あの晩はちょっと仲良くしてみたかっただけなのに」

「だから、それがなぜ」

訝《いぶか》しげに見あげると、巽の人差し指がそっと偕の唇に触れる。

「偕さんのキスが忘れられなくて……」

見つめおろす顔が、甘えるような表情になって近づく。腰を屈《かが》めた巽の顔が間近に迫って、なぜだか偕は見つめ合う目が離せなくなった。

目元が涼しげに見えるのは、透明感のある瞳のせいだろう。青味を帯びたガラス球の奥底から、瞳孔《どうこう》が焦点をまっすぐに据えてくる。強い意思と穏和な表情を併せ持つ、不思議な吸引力のある瞳だ。

温かな呼吸が微《かす》かに吹きかかる。唇が触れる……と、思った時。

ドアが突然開いて、慌てた偕は椅子に座った格好のまま、巽の顎《あご》を掌《てのひら》で力任せにグイッと押しあげた。

「うぉ……、舌カンダ」

巽は両手で口を押さえて背中を丸める。

入ってきたのは資料室の主、深井教授だ。いつもなら先に足音を聞きつけて待機するのに、巽に気を取られてドアが開くまで気づかなかったのだ。

とりつくろいようのない、このシチュエーション。今にも唇がくっつきそうな距離で見つめ合う姿は、いかにもな色っぽい光景でしかなく、じっさいその一歩手前だった。人様の資料室を預かる身にあるまじき失敗である。

偕は「君が悪いんだよ」と小声で言い、巽を押し退《の》けるようにして立ちあがると深井に向けて軽く礼をした。

どことなく神経質さを感じさせる痩《や》せた体躯《たいく》に、白いものがちらほら混じりはじめた天然ウェーブの髪。年齢は、確か今年で四十五になるだろうか。

深井は口の片はしを歪《ゆが》め、不愉快そうに声を発した。

「高峰くんのお客かね」

「いえ、ちょっとした顔見知りです。すぐ帰しますので」

　そう言ってチラリと巽を見やると、巽は歩み寄る深井に背を向けたままスンと小さく鼻を鳴らし、眉間《みけん》にシワを寄せ奥歯を噛《か》んだ。嗅覚《きゅうかく》が敏感な巽は、深井が猫族だとすぐに嗅《か》ぎ分けたようだ。しかしなぜかその表情は、今にも牙《きば》をむきそうにも見える。

　偕は、彼が自分の邪険な言葉に怒ったのかと、一瞬ギクリとした。けれど、敵に対するような巽のピリピリした神経は、どうやら背後の深井に向いているらしい。

　まさかいきなり嫉妬《しっと》――？　それとも猫族を嫌っている――？　と思ったら。

「どうも、初めまして。医学部一年の片桐です」

　クルリ、と振り向いて挨拶《あいさつ》する顔はいつもどおり。どこから見ても笑顔の爽《さわ》やかな好青年に戻っていた。

「深井教授の講義は取ってないので、あまりお会いすることもないかもしれませんが、よろしくお願いします」

「ああ、そう。それで、私とかかわりのない片桐くんがなぜここに？」

　皮肉っぽく言う深井に、巽は「すいません」と頭をかきながら答える。

「高峰さんには去年お世話になったんで、ここで働いているのを知って嬉しくて。つい挨拶しにきちゃいました」

ついさっき見せた一瞬の不穏さとはまるで別人みたいな、邪気のない礼儀正しい態度である。あの顔はいったいなんだったのだろうと思うけど、読書と仕事の邪魔をされるのをなにより嫌う偕なのだ。

「ここは教授の貴重な資料を集めた部屋だ。もしものことがあったらいけないから、もう来るなよ」

面倒くさいやりとりや説明はできるかぎり遠慮したい。さっさと追い払って仕事に戻ろうと、そっけなく言う。

すると巽は、

「ええ、偕さん。すみません、教授。失礼しました」

素直にペコリと頭を下げ、偕に向かって「話はまたあとで」と軽く手を振り、颯爽《さっそう》と資料室を出ていった。

「彼、北の一族だね」

深井が不愉快そうな顔をドアに向け、視線だけを偕に送る。

「どういう関係だか知らないが、ちょっと意外だね」

「僕のイトコと北の頭領の長男が知り合いなもので、その関係で少しばかり」

「なるほど。若い者はこだわりがないいな」

群れで暮らす狼族と気ままな猫族は、種族間の交流がほとんどなく、あまり仲がいいとは言えない。深井は、彼ら一族を快く思っていないのだろう。口元が、なおいっそう機嫌悪く歪んでいく。

「だが、私と面識のない学生はここへは入れないように、よろしく頼むよ」

ともあれ、この件にこれ以上の会話を費やすのは時間の無駄である。

「はい。承知してます」

偕は、深井の機嫌を癒《い》やすような笑みで応じ、そそくさと作業の続きに取りかかった。

大学から歩いて約十五分の距離にあるマンション。

エレベーターのドアが閉まる直前、慌ただしく駆けこんできた巽を見て、偕は驚きのあまりポカンと口を開けてしまった。

「な……、なんでここにいるんだ」

「偕さんの帰りを待ってた」

「どうして僕の家を知ってるのかを、訊いてる」

「そりゃ、偕さんのことなら」

「なんでも知ってるとでも？」

「まあ、行動範囲とパターンはひと通り」

「ひと通り？」

憮然《ぶぜん》として見あげると、巽はさも普通のことのようにカラリと笑って答える。

「朝は八時半に出勤、五時まで図書館で仕事。昼食は旧館の学食で、とか。夜はだいたい八時すぎまで深井教授の資料室にいる、とか」

そういえば、巽が入学してからすでに一ヶ月余り。今まで姿を現さなかったのは……。

「まさか、ずっと僕の行動を観察してた？」

「はい、愛《め》でてました」

「呆れたな……」

「いやいや、偕さん忙しそうだから。どのタイミングで声をかけたらいいか、いちおう気を遣って見てたんだよ。目の保養をかねて。そしたら楽しくてあっという間に一ヶ月経っちゃって、ね」

「ね、じゃない。ストーキングと言うんだ、それは」

「ストーカーは俺だけじゃないみたいだけど」

「そんなもの好き、君しかいないだろ」

巽はちょっと眉《まゆ》をひそめ、どこかあいまいな表情でふふと微笑《わら》う。

「それで、ついにここまで押しかけてきたわけか」

言いながら部屋の鍵《かぎ》を回すと、巽はごくあたりまえといった顔でドアを開き、偕を先に通して自分もスルリと中に入ってくる。

「おお、さすが。部屋が本だらけ」

「海外書の翻訳業もやってるんでね、なにかと増えていくんだ」

「三足のわらじか。すごいなあ」

「どれもバイトだよ」

ゆったりした一LDKのリビングは、実家から持ちこんだ書物に加えて、見る間に増えた本が棚から溢《あふ》れているのである。

「偕さん、仕事に夢中で食生活が悪そうだから」

巽は右手にぶら下げたスーパーの袋をちょっと挙げて見せ、スタスタとリビングを横切りキッチンに立った。

「兄貴直伝の恋愛必勝法」

「僕は凛みたいに餌付《えづ》けはされないよ」

「ああ、やっぱり。冷蔵庫はろくなもんが入ってない」

偕がなにを言おうが、まったくおかまいなし。巽は冷蔵庫の中身をチェックすると、買いこんだ食材を手早く並べて調理に取りかかる。

「今日は簡単なものしか作れないけど、先に風呂《ふろ》でも入ってて」

「せっかくだから食べてやってもいい。でもそれ以上は期待しないように」

半ば面倒くさい境地でそう言って、約三十分後。

どんなものが作れるのかと思ったら、風呂あがりの偕の前に並べられたのは本格的なトマトクリームのリゾットと、生ハムとオリーブのイタリアンサラダだった。

「へえ……けっこう立派なものが作れるんだね」

思わず感心してしまう。

「生クリームで米を煮込むだけだから、簡単だよ」

とは言うけれど、手間はいくつもかかっているだろう。トマトとモッツァレラチーズの相性はバッグンで、彩りのブロッコリは緑鮮やか。味も見た目も言うことなしのレストランレベルだ。

「どう？　美味《おい》しい？」

「ん……」

巽は、リゾットを口に運ぶ偕をウットリした目で見つめる。

「昼間、俺がどんなに偕さんを好きか話してる途中だったよね」

「ああ、そういえば」

一度のアレでなぜそんなに情熱的になれるのかと話してる途中で、深井が入ってきたのだった。

「続きなんか別に聞きたくもないな」

偕は無感動に言い放つけれど、巽はまたもおかまいなし。偕のグラスにワインを注ぎ足しながら、ほんわりした笑顔で言葉を継ぐ。

「空港で偕さんの乗った飛行機を見送ったあと、なんだかすごく後悔したんだ。このまま二度と会えなかったら……、偕さんが俺のことを忘れてしまったら……、なんて考えたらどうしようもなく胸が苦しくて」

自分のグラスにもワインを注ぎ足し、ひと口飲んで唇を湿らすと『はぁ』と甘いため息を吐いた。

「昼も夜も偕さんのことが頭から離れなくて、受験勉強も手につかなくなった。で、ああ本当に好きになっちゃってたんだなぁと、気がついたわけ」

「それは、あれだね。受験のストレスからの逃避」

「逃避?」

「勉強に身が入らなかった理由があれば、受験に失敗しても『実力がなかったわけじゃない』と自分に言い訳できる。二浪を恐れるあまり、恋をしたつもりになって無意識に逃げ道を作ったんだ」

「違います。それはNOですね。二浪なんか心配したことないよ。偕さんを追って上京しようって決めてから、会える日を心の支えにそりゃもう頑張ったさ。結果、総合ほぼ満点に近い成績で受かったし。これは恋する男の底力ってやつ」

巽は胸を張り、熱烈に語る。

「うちの医学部はかなりの狭き門なのに、一浪ごときがよく受かったな」

「だって俺、ほんとは頭いいもん。去年落ちたのは、弟にインフルエンザをうつされたせいなんだ。試験の前夜に高熱が出て、しかたなく欠席するわ、長引くわ。家族も次々に倒れるわで、ひどいめにあった」

「犬もインフルにかかるのか」

「や、半獣でも基本は人間だから。偕さんもそうでしょ」

巽はクスと笑い、テーブルの上に置いた偕の手にそっと指先を乗せた。そろそろ口説《くど》きの体勢に入ろうというのだろう。

偕は邪険に手を振り払うと、フンと軽く鼻を鳴らした。

「どっちにしたって、浅い恋なんかすぐ醒《さ》める」

「そんなことないから。俺の本気を信じて」

「ウブな子供じゃあるまいし、信じるわけがない。つまるところ、君は北海道での続きをやりたいだけなんだろ」

「そりゃあ、はっきり言えばやりたい。中途半端に偕さんの体を知ってるだけに、抱きたくてたまらないよ。でもそれ以上に、あなたの心が欲しいんだ」

熱のこもった瞳で見つめられて、少し戸惑《とまど》ってしまった。

巽がどこまで本気なのか読めない。一度抱かせてやればそれで気がすむのかどうか、恋愛を避けてきた偕には判断しかねるのだ。

「ねえ、俺と恋をしよう?」

「恋愛ごっこなんて面倒なことはしない」

「ごっこじゃなく。俺はあなたと一生添い遂げたいと思ってる」

「冗談はほどほどにしてくれないかな。僕はくだらない恋愛に時間を割く気はないんだ。過去も、これからも」

「デートしたり、他愛《たわい》のないことを話して笑ったり、恋ってすごく幸せじゃない」

「時間の無駄としか思えない」

「もしかして、今まで本気で好きになった人っていないの?」

「いない」

「そしたら、俺が偕さんの初恋の人になるんだ。嬉しいな」

「ありえないことを言うな。アホらしい」

一刀両断に言い放つけど、巽はテーブルの下で足をやんわりとすり寄せてくる。スリッパのつま先でスネを蹴《け》ってやったけど、こりずに今度は偕の手を両掌に包んでキュッと握ってくる。

「本当は今すぐにでも襲いかかりたい。グチャグチャになるまでよがらせたい。でも俺は紳士だから、我慢する。お互いの気持ちが通じ合うまで待つよ」

「つまらないことほざいてないで、学生は勉強しなさい」

「偕さん、意外とアレのテクあったでしょう。だから恋愛経験豊富だと思って一人で焼いてたんだけど」

「そんなに豊富でもないが、遊びと割りきってる相手は数人キープしてた。体が要求したらちょっと会って解消して、スッキリだ」

「それはまたそれで焼けるけど。え、じゃ今もキープがいるの？」

「沖縄の話だよ。今は忙しくてそれどころじゃない」

「ああ、よかった。安心した」

「……………」

いちいち真面目《まじめ》に答えていると巽のペースにはまってしまう。だんだんと面倒くさくなってきて、偕は半ば投げやりな気分に陥ってきた。

「わかった。もういい」

言ってグラスに残ったワインを一気に飲み干し、すっくと立ちあがった。

「続きをさせてやる」

歩きながらシャツのボタンを外し、寝室のドアを開けて巽をベッドに促す。

「急にどうして。俺は偕さんがその気になってくれるまで、長期戦覚悟でいるんだけど？」

「だから、今その気になった。早いとこやってしまえ」

一度だけ好きにさせて、さっさと追い払うことにしたのだ。偕は水揚げされたマグロみたいに、ゴロンとベッドに引っくり返った。

「そう言うなら、ありがたくいただくけど……」

「狭いが三十分ていどなら気にもならないだろう」

単身者向け一ＬＤＫの寝室は、畳にして六畳弱ほどのフローリングルーム。置いてあるのは、引っ越しに合わせて取り急ぎ買った白木のシングルベッドと、寝る前に本を読むためのライトがついたサイドテーブルだけ。

「三十分じゃ足りないでしょ。まだ夜は始まったばかりだし、時間かけてじっくり悦《よ》くしてあげる」

「ショートで充分」

「遠慮しないで」

巽は、横たわる偕の上に覆いかぶさり、味見するみたいなついばむキスをする。

「遠慮なんかしてない。そのかわり、これっきりだぞ」

「これっきり？」

「ああ。一回やれば気がすむだろう。君の受験生活を支えた念願は晴れて達成される。そしたら好みの男なり女なりを新しく捉《つか》まえて、自由なキャンパスライフを楽しむがいいさ。僕のいないところでね」

「まさか。一回じゃ終わらないって。俺のキャンパスライフも一生も、偕さんなくしてはありえないから」

蕩《とろ》けるような巽の声が、偕の口の中に吹きこまれる。ディープなキスに舌を捉《とら》えられて、偕は頭を振って唇を逃がした。

「ただの知り合いとしてなら、末長くつき合ってやってもいい。気が向いたら食事に行くとか、飲みに行くとか」

「そんな関係で俺が喜ぶわけないでしょう」

「じゃ、キープ要員。たまになら抱かせてやる。年に一回とか」

「それも嬉しくないなあ。偕さんは、俺と恋愛するんだよ」

首筋をチュクと吸われて、背筋がザワザワと粟立《あわだ》ってきた。

てくる。

まるで暖簾《のれん》に腕押し。拒否しても譲歩しても、巽はのらりくらりとかわして強引に求め

指先で胸元を探られて、下腹の奥がジクリと疼《うず》きはじめた。

「末長く愛し合って、何度も抱き合うんだ。こうやって……肌を重ねて」

「し、しない。勝手に決めるな」

このままだと追い払うこともできずに、いいように流されてしまう。へたしたら、この一度の関係から惰性に持ちこまれて、ダラダラと恋愛ごっこにつき合うはめになってしまうかもしれない。

指先で乳首をつままれ、尖《とが》りを促すようにしてクリクリ擦《こす》られる。体の芯《しん》を蕩かす刺激を感じて、偕は思わず焦りの声をあげた。

「なら、やめだ」

弾《はじ》かれたように半身を起こし、巽を押し退けてベッドから下りようとした。ところが、背後からガッシと抱きつかれて阻止されてしまった。

「離せ。気が変わった」

「また急だね」

などとにこやかに言いながらも、巽は力強く偕を引き戻して押し倒す。

「続きはなし。君とは寝ない」

「だめだよ。俺、もうスイッチ入っちゃったから」

シャツを脱がそうとする手を必死に払うけど、両手首をつかまれてしっかり拘束されて動けない。

「切れ！　すぐOFFにして、すみやかに僕を解放しろ」

「無理。スイッチ壊れました」

「その気になるまで我慢するんじゃなかったのか」

「俺の我慢を破ったのは偕さんだよ？」

甘える声で、しゃあしゃあと責任転嫁。巽は口のはしに不敵な微笑を浮かべ、ペロリと舌なめずりして見せた。

「待つだとか言ってたくせに……。紳士のフリして、ついに狼の本性を現したな」

「うん。俺、狼だもん」

巽はジタバタする偕の上にのしかかり、逃げようとする動きを体格の差でいとも簡単に封じこめる。

「は……離せ……っ」

偕はしなやかな体を必死によじって、やっとのことで巽の下から抜け出す。が、すぐに捕まってたやすくベッドに引っくり返されてしまう。

「どうしてそんなに拒むの」

「束縛される関係は……嫌いなんだ」

ズボンを脱がしにかかる手を懸命に食いとめ、ググウッと押し返してまた逃げる。そしてまた、あえなく捕まってかぶりつかれる。

「愛に縛られるのも悪くないと思うよ」

「ご、ごめんだね。僕は趣味と仕事に埋もれて……気ままに暮らす。だから、あきらめて他を探せ」

体格と腕力に差がありすぎて、大型獣に弄《もてあそ》ばれてるみたいで悔しい。くんずほぐれつの格闘の末、偕は縮めた両腕と両足に満身の力をこめ、バネみたいに一気に伸ばして思いきり巽の胸を突き飛ばした。

渾身《こんしん》の一撃である。身長百八十センチを越えるがっしりした体軀が、勢いよくヘッドボードにぶつかった。と、大きな振動と同時にものすごい音が響き、傾いたマットレスがガクンと床に落ちて偕と巽はベッドから転げた。

「うわ、なに……っ？」

「いてて……」

巽が打ちつけた腰をさすりながら、異変の起きた背後を振り返る。

「あ」

体勢を立てなおした偕は、なにが起きたのか把握して愕然《がくぜん》とした。

「ベッドが」

壊れたのである。

本体とヘッドボードを繋《つな》ぐ組みこみ部分が衝撃で破壊されて、もはや組みなおすのは不可能。接着剤でなんとかなるような生やさしい破損でもない。

「まだ半年も使ってないのに」

「あちゃ〜。暴れすぎたねえ」

巽はまるで他人事のように気楽に言う。

「誰のせいだと思ってるんだ」

キッと睨《にら》むと、巽は慌てて肩を竦《すく》めた。

「はい、すいません」

「ったく、図体がデカいうえに、ばか力なんだから」

「いや、ばか力で俺を乱暴に突き飛ばしたのは偕さん」

「こんの、クソガキ……っ」

「あ、クソガキなんて顔に似合わない暴言を」

「はあ？　なんだって？」

偕が拳《こぶし》を作って一歩踏み出すと、巽は両手を顔の前でハタハタと振った。

「ごめんなさい。全部俺が悪いです。反省してます」

口ばかりで悪びれもせず、しかもどこか楽しげ。

「弁償するよ」

「ぜひ、そうしてもらおう」

「もっと頑丈で立派なやつ」

「普通でいい、普通で」

偕は脱力して怒る気も薄れてしまった。

「さあ、もう帰ってくれ」

「あ、でもここ片づけなきゃ」

「かまうな。一人でやる」

「じゃ、皿。俺が洗うから、偕さんは拭《ふ》いて」

「うちは食器洗浄器がある」

「味気ないなあ」

「手間は極力省く主義なんだ。いいから、帰れ」

渋る巽を追い出すようにしてドアの外に押し出す。寝室に戻ると無残に壊れたベッドを見おろし、気の抜けたため息をついた。

「どうやって寝たらいいんだ……」

しばし考えたのち、マットレスをずるずると床に引っ張り降ろす。

快適ではないけど、しばらくは床に直《じか》マットで寝るしかない。偕は木クズの散ったシーツをはがし、ベッドメイキングに取りかかった。

「あ、偕さん久しぶりぃ」

大学の正門の前で、イトコの凜がヒラヒラと手を振る。

「はい、これ。届けるようにって頼まれた本。ついでにドイツのジャムとかソーセージとかも入ってるよ」

そう言って、子供の頃と変わらない懐こい笑顔で紙袋を偕に手渡す。凜の両親は海外赴任でドイツに住んでいるのだが、偕が以前から探していると言っていた文豪の初版本を古本屋で見かけて、わざわざ買って送ってくれたのだ。

「ありがとう。帰ったらお礼の電話を入れておくよ」

「そうしてやって。それにしても、偕さんに直接送ってあげたほうが早いのに、母さんたら相変わらず大雑把《おおざっぱ》」

「日本とドイツくらい離れてると、同じ都内に住んでるっていうのはご近所さんな感覚になってしまうんだろうね」

偕のマンションと凜の家はそんなに遠くはないけれど、山手線で半周プラス私鉄に乗り換えて二駅の距離なのである。それを、凜に送る荷物に一緒につめて『偕くんに渡しといてね』と気軽に言うのは、なんとも大らかな叔母らしくて微笑《ほほえ》ましい。

「いいけどさ。こんなことでもないと忙しい偕さんには会えないし。こっちに越してきた時だって、ちょっと挨拶してすぐ帰っちゃったじゃない」

「ああ、ごめん。バタバタしてて……でも、もう少しでひと段落するから、そうしたらゆっくり食事でもしよう」

「ほんと？　楽しみに待ってるよ」

偕がふわりと微笑むと、凜は目をキラキラさせて笑みを返す。

慕ってくれるこの無邪気さには、胸がキュンとするほど癒やされるのだ。偕は切れ長の目元を細め、可愛いイトコの顔をしげしげと見つめた。

「元気そうだね。大牙くんと仲良くやってる？」

五ヶ月ぶりに会った凜は、前にもまして顔色よくお肌ツヤツヤだ。同居している大牙の手料理のおかげだろう。

凜はちょっと照れたように肩を竦め、ウフと笑った。

「まあ、平和なカンジで。これから二人でレイトショー観《み》に行くんだ」

粗暴な大牙に泣かされやしないかと心配もしたけれど、充実した生活を送っているようでなにより。

「どこかで待ち合わせ?」

「うん、映画館の前で。あ、そうだ。大牙の弟の巽くん、ここの医学部に入ったでしょ。もう会った?」

「う……っ」

唐突に巽の名を出されて、返事につまってしまった。

偕がこの大学に職を移したのを巽に教えたのは、凜なのである。含みなくサラリと言うようすは、巽が偕を追って志望校を変えたという理由までは知らないふうだが……。

しかし、よけいなことをしてくれたと言いたいところだけど、悪気のない凜にそんな文句は言えない。

「か、彼も頑張ってるみたい……だね」

他人事を装って言う口のはしが、引きつりそうになってしまう。

「いいお医者さんになれそう。すごく優秀なんだって、大牙が自慢してた」

「へえ……そんなにデキがいいんだ」

確かに、人を巻きこむあの調子のよさと強引さは、計算ずくとしか思えない。頭の回転が速いゆえだろう。

「大学の近くの寮に住んでるんだよね。ちょっと会いに寄ればって、大牙も誘ったんだけど……、別に用はないとか言ってつれないの。俺は一人っ子だから、弟がいるなんて羨《うらや》ましいのに」

「男兄弟なんてそんなものだよ」

「偕さんとこは仲がいいじゃない」

「うちは年が離れてるから。それより時間、大丈夫？」

「あ、うん。そろそろ。もっと話していたいけど、行くよ。巽くんに会ったらよろしく言っといて」

「わかった。言っておく」

「それじゃ、またね。連絡、待ってるからね」

「映画、楽しんでおいで」

そう言って手を振り、心が洗われた気分で凛を見送る。その背後に、長身の気配が張りついた。

噂《うわさ》をすればなんとやら、である。

「偕さん、凛くんにはデレデレ……」

「公衆の面前でくっつくな。みっともない」

振り払ってスタスタ歩き出すと、巽はぴったり横についてきてブチブチ言う。

「喋《しゃべ》りかたとか、もう凛くんと俺とじゃ全然違う」

「あたりまえだ」

「昨日《きのう》も一昨日《おととい》も、夕飯食べ終わったらすぐ追い帰すし」

「毎日押しかけられちゃ迷惑。もう来るな」

「どうして俺にはそんな冷たいの」

「うっとうしいから」

「凛くんの半分でいい。優しくしてほしいな〜と、思うんだけど」

「可愛い凛と張り合うつもりか」

身の程知らず、といった顔を作って向けてやる。

「とんでもないです。はい」

巽はシュンとしたフリをして、そんなやりとりを楽しむかのようにクスと笑った。どんなにそっけなくしても、楽しまれるばかりでは気が抜けてしまう。

「今日の講義は終わったんだろう。さっさと帰れ」

アホらしくなってきて、シッシと追い払いながら言う。すると、巽は偕の前に掌を向けて差し出した。

「鍵、貸して」

「どこに帰るつもりだ、こら」

「偕さんち。新しいベッドが届くんだよ」

「ベッド？」

「俺が弁償するって言った」

「ああ、そういえば……」

三日前に壊したベッドだが、あの翌日に巽が一人で家具屋に行って選び、注文をした。それがこれから届くというのである。

「七時くらいにくる予定だけど、偕さんその時間はまだ資料室でしょ。俺が先に帰って受け取っておくから」

「律儀だな。本当に弁償してもらえるとは思わなかった」

ちょっと見なおして、ポケットから部屋の鍵を出して渡す。

「偕さんが帰るまで時間あるし、今夜は少し手のこんだ食事も作れるよ。なにかリクエストは？」

「別にない」

「じゃ、パスタでいいかな。ソースはなにが好み？　トマト？　クリーム？　和風もできるけど」

「じゃ、和風」

「そしたらキノコを買って……ニンニクは入れないほうがいいよね」

「鷹《たか》の爪《つめ》はぜひ」

「あとミネストローネ風スープも煮込んでおこう」

彼の得意料理はイタリアンらしい。実はリゾットはリピートしたいほど絶品だったが、パスタもけっこう好きな偕なのだ。

「俺が自信を持って選んだベッド――」

言ってる途中で、ふいに巽の視線がひとつの場所に据えられ、口元は笑っているのに瞳だけ表情が消えていく。

「……楽しみにしてて」

なにを見ているのだろうかと、その視線の先を追うとそこは旧校舎。二階の民俗学資料室の窓から、深井教授がこちらをじっと見おろしていた。

偕と巽が一緒にいたのが気に食わないらしい深井は、今にもなにか言いたそうな口を引き結び、デスクで作業する偕に気難しい視線を何度も送ってきた。

もともと少し偏屈なところがあって寡黙《かもく》で、なにを考えてるか読めない人ではある。でも、他の教授連中のように下世話な話題に興じるということがないぶん、頼まれたこの仕事は好ましいものだった。

それなのに、これでは居心地悪くてしかたがない。たとえ依頼主であろうと、他人に気を遣って作業に没頭できない環境は偕の最も嫌うところだ。

深井はダンボールにつめた古民具や呪具《じゅぐ》を引っ張り出し、なにやらメモに書きとめている。めずらしく夕食がてら一杯おごると誘われたけれど、酔った勢いで説教じみた文句でも言われたらたまらない。偕は用事があるからと濁して断り、予定より早く作業を切りあげて資料室を出た。

時間は七時半をすぎたところ。新しいベッドはもう届いているだろう。パスタが待ってるし、今夜は安眠できると思うと、帰宅の足もちょっとばかり軽くなる。

部屋の鍵は巽に預けたので、ドアフォンを押してしばし待つ。

「おかえりぃ。早かったね」

いそいそと出てきた巽を見て、偕は思わず眉間に縦ジワを寄せた。

「その浮かれた姿は……なに」

オレンジとイエローで彩られた派手な花柄のエプロン。それだけならまだしも、頭には同じく花柄の三角巾。とどめは片手に握ったおたまという奥様スタイル。そんな大きなサイズをよく見つけてきたなと感心さえしてしまう。

「夕飯の買い物ついでに買ったんだけど、どこかへん？」

「いっそ清々《すがすが》しいくらい似合ってない」

「え～、偕さんのために一生懸命ご飯作ってるのに、またきついこと言うんだから。冷たくされすぎて、俺ってばもうMになりそう」

「ベッドは届いてるのか？」

巽の嘆きを無視して部屋にあがり、さっさと寝室に向かう。しかし新しいベッドを見て、一瞬言葉を忘れた。

目を大きく見開いて、ベッドのサイズと部屋の広さを比較する。誰にともなく確かめるようにして呆然《ぼうぜん》と口を開いた。

「ダブル……ベッド？」

「シーツとかカバーも揃《そろ》えたんだ。ちゃんとベッドメイキングしておいたから、いつでも気持ちよく寝れる。どう？」

後ろで得意そうに言う巽に、偕はクルリと向きなおった。

「狭い！　シングルでもキチキチだったのに、こんな大きなものを置いたら脇を歩くだけでいっぱいじゃないか」

六畳弱ていどの寝室を占領するダブルベッド。しかも海外製のクィーンサイズ。片側をぴったり壁につけてはいるけど、クローゼットを開けて着替えるくらいの細長い行動スペースしかない。救いと言えば、カバーが巽のエプロンみたいな派手な柄じゃないというところだろうか。

「だって寝室は寝るための部屋なんだから、二人で思いきり手足伸ばしてくつろげる快適なベッドのほうがいいでしょう」

「二人で？」

「そう」

「……誰と、誰？」

「あなたと、俺」

くったくなく言う巽を見あげ、偕は人差し指でコメカミを揉《も》んだ。頭をかきむしりたくなったけど、フウと深い息を吐いて気持ちを落ち着ける。

ここは冷静に対応しないとますます巽のペースだ。

「とりあえず、礼を言っておく。ありがとう」

「どういたしまして。気に入ってもらえて嬉しいよ」

偕のコメカミがピクリと脈を打ち、そして潮が引くようにして全身の力が抜け落ちた。

「さ、食事にしよ。すぐ用意するから、ちょっとだけ待ってて」

巽はパスタを茹《ゆ》であげ、手早く具を絡ませて皿に盛る。ミネストローネと一緒にテーブルに並べられると、偕は遠慮なくパスタをフォークに巻き取り口に運んだ。

ベーコンの塩味と醤油《しょうゆ》の割合はほどよく、オリーブオイルの香りが具材の旨味《うまみ》を引き立てる。チキンを使ったミネストローネ風スープも野菜たっぷりで、トマトのほのかな酸味とのバランスがなんとも味わい深い。

予想外に大きいベッドも、ああ言えばこう言う巽の調子のよさも、とりあえず横に置いて堪能《たんのう》しようという気になるほどの料理の腕前だ。

「お口に合うかな?」

「うん、美味しい。君のお嫁さんになる人は幸せだと思うよ」

意識せずそんな言葉がこぼれる。

「そう言ってもらえると張り合いがあるな。もっと美味しいものたくさん作って、偕さんのこと世界一幸せにしてあげたい」

「…………」

墓穴だった。

ごくあたりまえな顔でそっち方向に持っていく巽のたわごとを無視して、偕は黙々とフォークを動かす。スープカップが空《から》になると、勧められるままミネストローネのおかわりを頼んだ。

「偕さんは他にどんなものが食べたい？　和食？　中華？」

「なんでもできるのか？」

「まだ作ったことのない料理でも、レシピを見ればいちおうできる。嫌いな食べものとかある？」

「特に嫌いなものはないけど……。どちらかといえば肉より魚、魚より野菜のほうが好きかな」

「野菜かあ。冬は鍋《なべ》とか、いいよね」

「ダシは素材を活かした薄味で」

「こってりした味噌《みそ》鍋も美味しいよ。魚をすり身にして、我が家直伝のつみれを食べさせてあげる」

「北海道の鍋料理は種類も豊富そうだ」

「食材もダシも豊富。真冬は極寒だから、うちは週に一回は鍋してた」

「大学時代はこっちで何度か食べたが、沖縄じゃ鍋はほとんどやらないな」

「ああ、食べてるうちに茹《ゆ》だっちゃいそうだね。宴会鍋もいいけど、二人でちびちび飲みながらつつくのも風流でいいよ。そうだ、コタツを買おうよ」

「コタツはまだ一度も――」

足を入れたことがないと言いかけて、なにを呑気《のんき》に鍋談議なんかしてるんだろうかと、ハタと気がついた。しかも冬に二人でつつく前提で。

偕はパスタの最後のひと巻きを飲みこみ、真面目な顔を作った。

「ところで、鍵。忘れないうちに返してもらっておこうか」

巽は冷蔵庫からデザートのフルーツを出し、偕の前に置いてしれっと言う。

「明日の朝食は、ミネストローネにひと手間加えて作るよ。夕飯は和食にしようと思うけど、味付けの好みは薄め？　濃いめ？」

「は？」

主旨に外れた返答を聞いて、思わず疑問符の声をあげてしまった。

「朝は一緒に出ればいいし、帰りは俺のほうが早いから」

「……だから鍵は返さないと？」

「もうちょっと持たせてもらってても」

「返しなさい。今すぐ」

言って右手を差し出した偕の目のはしに、自分のものではないカバンが見えた。

「ん？」

カジュアルな黒いトートバッグで、入っているのは大学で使う学習用具だけとは思えない大きさだ。

「あの荷物は……」

「お泊まりセット」

「お……っ」

悪びれずにきっぱり答えられて、偕は呆れて口をパクパクさせてしまう。

「なんと言ってもダブルベッドだよ。仲良く並んで寝よう」

「さ、最初からそのつもりで……、まさかベッドを壊したのもわざとじゃ」

「それは誓って不可抗力だけど。でも、俺はこれから偕さんと一緒に暮らす。そのためにアパートじゃなく、仮の宿として大学の寮に入ったんだから」

「勝手に決めるな。僕は他人とは暮らせない」

「今すぐ一緒に暮らしてとは言わないよ。泊まりは週一日とか二日とかから始めて、俺がから、泊めて？」

「邪魔にならないように静かにするし、今夜はダブルベッドあきらめてソファで寝る。だ

「何年かかっても、そんなうっとうしい生活に慣れるとは思えないな」

そばにいる生活に偕さんが慣れてくれるまで待つ」

「迷惑だ。あきらめて寮に帰れ」

「せっかく用意してきたのに」

巽は、子供みたいな上目遣いで恨めしそうに見つめる。

偕は言葉に困って、額に掌をあてた。

ひとつ許せばさらにもうひとつ踏みこんでくる。三人兄弟の次男坊なだけあって、ちゃっかり者の甘え上手である。兄に甘え、弟の面倒を見て、要領よく大らかに育ったのであろう少年時代が目に見えるようだ。

いっぽうの偕はと言えば、親族や家族たちの高峰家相続の期待は大きく、その重圧を紛らわすかのように、十歳も離れた弟の可愛いワガママを楽しんで世話してきた。慕ってくれる凜も可愛くてしかたがない。環境のせいだけじゃなく、生まれついての長男体質というのもあるかもしれないが、寄せてくれる愛情には無条件で応《こた》えてやりたくなってしまう。実は、年下に慕われて甘えられるのは、悪い気はしないのである。

しかし、巽は弟でもなければイトコでもない。寄せる愛情の質が違う。いずれ巣立っていく身内とは違って、受け入れたら一生を愛で縛られるはめになってしまう。そんな不自由な生活はごめんだ。

そうならないためにも、ここできっちり釘《くぎ》を刺しておかなければと思う。

偕は不満げな巽の瞳に、感情を抑えた視線を重ねた。

「わかった。今夜は泊めてやろう。ただし――」

巽が喜んで口を開くのを遮り、持ち前の口調を取り戻して淡々と言葉を続ける。

「明日はない。週一も週二も、泊まりはなし。好きで待つというのなら、勝手に待てばいい。だけど、勢いに任せた一時の感情に僕を巻きこまないでほしい」

「俺の気持ちは、勢いでもなければ思いこみでもないよ。冷静に考えたうえで、あなたを選んだ。再会して、改めて自分の恋を確認した」

「君のアプローチが本気だと思えないのは、君が僕の都合や感情を二の次にしてるからだよ。お互い、恋と言えるほどのなにを知り合ってる？　出会ってから一緒にすごした時間なんて、総合して三日にも満たない。育む時間を飛び越えた恋なんてものは、突発的に盛りあがった一時の情熱でしかないと、僕は思ってる」

「でも、偕さんは俺を好きだろ」

「好意という意味でなら、そうだ。少なくとも、僕は君を嫌ってはいないね」

「強い狼は伴侶となる相手を本能で嗅ぎ分ける。俺の直感に狂いはない。あなたの好意はすぐ愛情に変わるはずだ。俺と同じ、生涯変わらない愛情にね」

自信を持って言いきる巽の瞳が、真摯《しんし》な色を帯びていく。

ついさっきまで甘えていたのに、今度は強く魅力的な男の顔を見せる。惑う偕は、たてまえを並べる思考を計算に繋げた。

「狼族の習性は、猫族である僕には理解が及ばない。とりあえず、仕切りなおそう」

「仕切りなおす？」

「僕は誰とも恋愛する気はないし、充実した仕事を複数抱えて非常に忙しい。はっきり言って、君の存在は邪魔でしかないんだ」

「相変わらずきついひと言」

巽は苦笑いしながらも、偕の言葉の続きを促す。

「今の僕たちは折れ合う線がなくて、お互いの希望を受け入れるどころか耳を傾けることもできないだろう。だから、しばらく距離を置きたいと思う」

「つまり、ここには来るな。大学でも話しかけるなってこと？」

「そのとおり」

「それじゃ口説けない」

「口説く云々《うんぬん》の前に、僕が君の本気を信じることができないというところを考えるべきじゃないか？　いきなり口説かれる僕の困惑を無視しないでほしい。距離を置いてる間に少し頭を冷やして、この強引なアプローチを見なおしてもらいたい。そうしたら、僕も君との関係を真面目に考慮してみよう」

「期限は？」

「特に設けない」

「俺が冷却期間を置いて見なおしたら、新たにアプローチしてもいいってことで」

「先のことは、また先になってから考えよう。とにかく今は、なににも煩《わずら》わされずに仕事に没頭していたいんだ。わかってもらえるかな？」

巽は思慮するような瞳を少し浮遊させて、頷きながら答える。

「理解した」

「じゃ、鍵を」

言って人差し指でテーブルをコツンと叩《たた》くと、巽はポケットから部屋の鍵を出してそこに置いた。

「ありがとう。聞き分けのいい子は好きだよ。頭を撫《な》でてあげたいくらいだ」

偕は細めたキャッツアイに笑みを浮かべ、鍵を受け取った。

そう、別に巽のことが嫌いなわけじゃない。ただ、生活に他人が入りこんでペースを乱されるのが嫌なだけ。一人身だからこそ気ままに楽しめる趣味と仕事の時間を、誰にも邪魔されたくないだけ。

この部屋も資料室も出入り禁止。学内でも必要がなければ会わない。しばらく接触を避けていれば、いいかげん巽の情熱もペースダウンしていくだろう。そうなったら性解消の相手としてキープくらいのつき合いはしてやってもいい、と腹黒く考えたのである。

しかし――。

巽のほうが一枚上手《うわて》だったと知るのは、早くも翌日のことだった。

一泊させてやって、朝は巽の希望を聞いて一緒にマンションを出た。

そして大学の門を入ったところで右と左に分かれて、あとはいつもどおり。もう強引な来訪に脅かされることもないし、夕食が終わりしだいああだこうだと言って追い払う面倒もない。

巽が割りきった大人の関係を望むなら応えてやってもいい。もし温度差が残っていたとしても、こちらが冷えた態度でいれば相手もしだいに冷めていくものだ。

とりあえず、巽の存在はキープ要員をキープしたということで、頭の隅にでもとどめておこう。

と、思ったのに……。

夜も九時近く。マンションに帰った偕は、玄関のドアを開けて愕然とした。

室内には灯《あか》りが煌々《こうこう》とついていて、和食らしき醤油の甘辛い匂《にお》いが漂っている。まさかと思ってキッチンに駆けこんで、「えええ～っ？」と普段の偕にあるまじき頓狂《とんきょう》声をあげてしまった。

「あ、おかえり。偕さん」

「巽……。昨日の今日で、なぜここにいる」

「金目鯛《きんめだい》の煮付けにしたよ。あと大根のそぼろあんかけ」

昨夜と同じエプロンスタイルの巽が、小松菜《こまつな》の煮びたしを小鉢に盛りながら笑顔で振り向く。

「鍵。あ……、合鍵を作っていたのか」

「はい」

巽はちょっとお茶目に肩を竦めて見せて、皿に載せた大根に鶏《とり》そぼろのあんをトロリとかけた。

「なにを堂々と……。犯罪だぞ、それ」

「悪いとは思ったけど、ここんちの冷蔵庫見たら偕さんの栄養状態が心配で」

「よけいなお世話だ。最低限の栄養は摂《と》れてる」

「図書館に教授の仕事とか持ちこんだりして、昼食を抜くこともよくあるじゃない。そんな生活してると、いつか倒れるよ」

喋りながらも、テーブルにはできたての料理が次々に並べられていく。栄養バランスを考えた、温かい家庭の食卓だ。

「昨夜、話し合って僕の言いたいことはわかってもらえたはずじゃなかったか?」

「うん、理解した」

「なら、どうして」

「確かに、仕切りなおそうってのは、ちゃんと理解した。でも俺は、ここに来ないとまでは言ってない」

「そんな詐欺《さぎ》まがいなことを」

「冷却期間はもう終わったんだ。頭を冷やして考えたよ。なにが問題なのか。どうしたらいいいか」

「大学の門で別れてから十二時間しか経ってないが?」

「辛《つら》い一日だったよ。このままだと本当にもう会ってもらえないかもしれないと思うと、胸がちぎれそうなくらい辛かった。だから一生懸命に考えて、急いで結論を出した」

「どんな」

「俺はやっぱり偕さんを愛してる」

膝《ひざ》の力が抜けて、ガクリとテーブルに手をついてしまった。結論すぎて、意味がわからない。

「け……結論に至るまでの過程を、話してくれ……」

「要するに、偕さんは恋愛しない派だから俺の本気がわからないってところが問題なんだよね。それを無視して強引に口説こうとするのがいけなかったんだ。俺は反省した。邪魔だって言われてもしかたないと思った」

「それはなにより。で?」

「あなたを愛してるから、尊重して大切にしたい。もう性急に求めたりはしないよ。植物の芽が成長していくみたいに、ひっそりゆっくり、目に見えないような速度で一緒に愛を育てていく」

「ということで、毎日泊まりこむつもりか」

「もうひとつの問題は、いかに邪魔にならずに暮らしていくかってこと」

「邪魔なのは変わらないだろう」

「昨夜までとは違う。これからは空気みたいに静かに寄り添って、偕さんが仕事に没頭できるようにサポートするつもり。掃除して洗濯して、栄養管理も考えて。俺はソファで寝るから、寝室には掃除の時以外は入らない」

「まるで家政婦だ」

「そう思ってくれてもかまわないよ。いつか俺の存在は、偕さんの不可欠になるからね。勉強なんかはこのテーブルを使わせてもらうし、あと無駄な雑談は極力避ける。休みの日は朝からバイトに出てるから安心して。絶対に偕さんを煩わせたりしない。俺がいる便利な生活をのびのび楽しんでもらえると思うな」

「一日中そんなことを考えていたのか……」

なんだかめまいがしてきた。

こんなに早くアプローチの見なおしをしてくるとは――。まともに聞いていると、生活の邪魔にさえならなければ同居させてやっても問題ないような気がしてきてしまう。

「はい、お待たせ。夕飯、食べよう」

汁椀《わん》をテーブルに置いた巽は、偕の後ろに回って上着を脱がせ、ダイニングの椅子を引き、早く座ってと勧める。

偕は、口の中で「負けた」と小さく呟《つぶや》いた。

「少し薄味にしてみたけど、どうかな?」

食卓についた偕は、ふっくらと煮あがった金目鯛を箸《はし》の先でつまむ。口に入れると柔らかな白身がホロリと蕩《わ》けた。

こんなに怒りの湧かない敗北感は初めてだ。そもそも、巽を嫌ってないから徹底して突っぱねられないのが、一番の問題である。料理の腕がいいというのも、いけない。思い返せば、恋愛を避けて適当に遊んできた偕は、熱烈に言い寄られた経験などなかった。最初から線引きのあるつき合いでうまく立ち回れていたから、こんなふうに追い払う苦労なんかしたことがないのだ。

どこでどう間違えたのか。自分らしからぬ詰めの甘さに呆然としてしまう。

「イタリアンも和食も……プロの味だね」

小松菜と油揚げの煮びたしを嚙みしめると、ほんのりした苦味が舌に広がる。

「うん、実はプロ仕込み。母の実家が町でレストランと料亭を経営してるんで、兄貴と一緒にバイトさせてもらってた」

「大牙くんも、それで料理がうまいのか」

「兄貴はそりゃもう意欲的だったよ。凜くんのために力のある男になるって決めて、子供の頃からなんでも一番を目指してたから」

「凜はすっかり餌付けされちゃって」

「俺も見習って料理を覚えたんだけど、こうして役に立って感謝だ」

「僕は餌付けは――」

すでにされているのかもしれない。不本意なはずなのにやたらと進む箸が、それを証明しているようで複雑な心境に困惑する。

「彼は跡目相続を放棄したけど、認められたの？」

「渋々だけど、いちおう。一族で一番強い男になれば、誰も文句は言えない」

狼族は、力のある者が一族を統率する風習を堅固に守っているのだ。心身ともに強靭《きょうじん》な力をつけた大牙が異種族の凛を選び、群れから離れる意志を公言した。現頭領である片桐氏と次期頭領となる大牙の父が認めれば、他の者も黙って従うのだろう。

「そしたら、繰りあがって君が跡目のナンバー2に？」

「ならないよ。俺は高校受験の前には医大に進むって決めて、早いうちに跡目候補から外してもらってた。外科医希望で大きい病院に勤務するつもりだから、かたわらで一族を統率するのは無理があるし。頭領の役割は、けっこう煩雑《はんざつ》なんだ」

「となると、期待の星は三男の亨《とおる》くんか」

「今のところね。片桐を潰《つぶ》すくらい強いやつが出たら別だけど、そうならないように亨も頑張ってる。なんだかんだ、あいつが一番向いてるんじゃないかな」

「奔放な兄を持つと、末っ子はしっかりするものだよ」

「偕さんは？」

「僕？」

「高峰家を相続するんでしょ」

「それは……」

資産と血筋を守ることには、なんの興味も執着もない。だから弟に、「高峰家を守るのはおまえだ」と密《ひそ》かに吹きこんで上京した。近いうち機を見て、家督放棄を宣言する予定なのである。

「遠野《とおの》が蔵に隠してた女の子、比奈《ひな》ちゃんて言ったっけ？　あの子と婚約するとかいう話は？」

「まさか。まだ八歳になったばかりの子供だ」

「でも、保護者の承諾があれば十六で結婚できる。たったの八年後だよ」

「年の差は縮まらないよ。僕より中三の弟のほうがお似合いだろう」

「じゃあ偕さんはあの子と結婚しない？」

訊く巽の瞳が期待に輝く。

「し、しない」

「ああ、よかった。安心した。もう婚約が決まってるかもしれないと思ったら、夜も眠れなかった」

大げさに言うなり、『ふ〜』と安堵《あんど》の息を漏らす。

「だからといって、君とどうにかなるわけじゃないから」

偕は口の片はしにシニカルな笑みを浮かべ、ことさらなそぶりでツンと巽から視線を逸《そ》らした。

「でも、いつかは沖縄に帰るんだよね？　その頃には俺、研修医期間くらいまで終わってるかなあ。偕さんは、また向こうの図書館に正規で戻るの？」

なにやら、巽の中では将来設計の準備が着々と進んでいるらしい。しかし、沖縄にまでついていくなんて言い出されても、応える気のない偕には重い話だ。

「ちょっと……今はそこまで考えたくない……」

「あ、ごめん。喋りすぎた」

巽は神妙な顔であやまると、食べ終えた食器をせっせと下げはじめる。偕が自分の食器を片づけようとすると、それを押しとどめてふわりと微笑った。

「俺がやる約束だろ。偕さんは風呂にでも入ってゆっくりしてて」

「いや……、翻訳の仕事をしなきゃいけないから風呂はあとでいい」

「三足のわらじで大変だね。俺も明日が期限のレポートがあるんだ。片づけたらここに広げるから、コーヒーとか飲みたい時は声かけて」

「そうさせてもらう」

大学時代は出版社に勤める知人の紹介で、海外雑誌のコラムなどの日本語訳のアルバイトをしていた。今回、上京を機に再開して、専門はドイツ語と英語。今は図書館勤めを楽しんでいるけれど、イギリス文学全集翻訳の予定も入っていて、いずれは図書館を辞め、翻訳業をメインに専門書などの執筆も手がけていくつもりだ。

リビングの一隅に置いたデスクについて仕事を始めると、キッチンのカウンター越しに食器を片づける音が聞こえてくる。すぐにシンと静まり返って、作業に没頭するいつもの夜がやってきた。

背後で時折ページをめくる紙音が微かに響き、巽の動く気配がわずかにあるだけ。

ふと口内の乾きを感じて振り返ると、気づいた巽が首を伸ばして「コーヒー?」と小声で訊《たず》ねる。

しばらくすると芳香の立ち昇るコーヒーが運ばれてきて、そしてまたカウンター越しに背中を向け合い、平穏な時間がすぎていく。これならそばに置いてやってもいいかな、などと都合のいいことをチラリと考えてしまう。

深夜も一時を回った頃。

いつの間に風呂を使ったのか、パジャマに着替えた巽がソファで息を潜めるようにして寝息をたてていた。

「以前ここに来ていた、北の一族の青年……」

本棚の前で資料の確認をしていた深井が、眉をしかめた表情でボソリと言う。

「片桐くんですか？」

「君、彼と一緒に暮らしてるのかね？」

「……なぜです？」

一メートルていどの距離で、並んで立つ肩の高さはほぼ同じ。質問し合ったお互いの視線が重なって、探る影を含んですぐに離れる。

視線を棚に戻して手を伸ばすと、ふいに深井の唇が耳に近づいた。

「体に狼の臭《にお》いが染みこんでる」

どこかねっとりした声が吹きかかって、首筋にぞわりと悪寒が走った。

「構内でもよく喋っているね。仲がよさそうだ」

「ちょっとしたなりゆきで泊めてやってますが、そんなに仲がいいというほどでもありませんよ」

「そうかな。今日も中庭で立ち話をしているのを見て、ハラハラしてしまったよ」

「どういう意味でしょう？」

偕は口元だけに柔和な笑みを浮かべ、尖った視線を深井に振り向けた。

「今にも彼が、君に不埒《ふらち》なことをしそうで」

偕の瞳孔が、わずかに開く。言葉に含まれた思惑を読み取ろうと、深井の表情をじっと窺《うかが》った。

「それは、ありえないと思いますけど」

「見ていてそんな気がしただけだがね。でも、私がそういう印象を受けたのなら、他にも同じように感じる人間がいるかもしれない」

深井の言う「仲がよさそう」には、間違いなく性的な意味が含まれている。見慣れたはずの恩師の顔に、今まで表したことのない澱みが渦巻いているように思えた。

深井が偕の肩に手を置き、揉むようにしてキュッとつかむ。その指先がじわりと発熱するのを感じて、冷水を浴びたように全身に鳥肌が立った。

「今は男同士でも噂のネタになる時代だ。うかつな行動は感心しないな。少しつつしんだほうがいい」

偕は口のはしに笑みを張りつけたまま、音をたてて本を閉じた。

「そうですね。ご忠告ありがとうございます。今日の僕の作業は終わったので、そろそろ失礼したいと思いますが」

巽との関係について説明も否定もせず、深井の返事を待たずにデスクを片づけると、いつもと変わらぬ態度で資料室をあとにした。

扱いにくいところのある人ではあったけれど、大学時代はこまめに気をかけてくれた恩師だ。彼の論文は学術的に価値のあるものだと思うし、禁欲的とも言える熱心な研究姿勢を尊敬してもいた。

それが、なぜ突然……。

さっきの深井には、微かだけど発情の兆しが見えた。前からそんな下心や欲があったのなら、どんなに隠していても感じ取れたはずだ。今までプライベートに口を挟まれたことなど一度もなかったのに、突然の豹変《ひょうへん》に慄然《りつぜん》としてしまう。

そういえば――、巽と話しているところを深井に見られているのに気づいたことが一度あった。あれは確か、本を届けにきてくれた凜を見送った時のこと。あのあと資料室に行くと、深井のようすがなぜか気難しかった。

ふと、巽が『ストーカーは俺だけじゃない』と言っていたのを思い出した。その時はなにも思いあたらないから聞き流していたけど、ということは、巽はずいぶんと前から視線の主に気がついていたのだ。

昼休みに学食から図書館に戻る途中、さりげなく待ち伏せる巽に夕飯のリクエストを訊かれるのは、ほぼ日課になっている。他にも、家で邪魔にならないように極力口をつぐんで暮らす巽は、偕を見つけては駆け寄って交わす二言三言の会話を楽しんでいる。たったそれだけのことなのに。

いつから深井の視線に追われていたのだろう。『今日も』ということは、これまでも偕と巽が一緒にいるところを彼はどこからか見ていたのである。この広い構内で、何度も、何度も。

大学の門を出ると、満月を見あげてフルッと肩を震わせた。

体の芯が唐突に熱を帯びて、腹の奥が燻《いぶ》る。

深井の発情に誘発されたのか、それとも巽の熱情にあてられたのか。満ちた月のせいかもしれない。こっちに越してきてから、忙しくて息抜きするのも忘れていた。きっと予想もしてなかった展開に刺激されて、溜《た》まっていた欲求を体が吐き出したがっているのだ。

偕は忌々しい思いで舌を打ち、マンションに向かう足を急がせた。

五階でエレベーターを降り、ドアに鍵を差しこみカチャリと回す。玄関に入ると空腹を誘ういい匂いが漂っていて、ここ二週間で待つ者のいる暮らしにすっかり馴染《なじ》んでしまった帰宅だ。

　しかし、迎えに出た巽の顔を見て、出所のつかめない苛立《いらだ》ちと甘ったるいもどかしさに襲われた。

「ご飯にする？　それとも先にお風呂？」

「二流ドラマの新妻みたいなセリフを言うな」

　弾き返すように言い放つと、巽はくったくなくケラケラ笑う。

「これ片づけたらすぐ夕飯にするよ」

　ジャケットにアイロンをかけていたらしい。巽はリビングに戻るとコードを抜き、ホカホカのジャケットを偕に見せた。

「今日は三限目が休講になったんで、暇潰しに仲間と屋外コートでバスケしたんだ。そしたらフェンスにかけといたジャケットがなくなっちゃって」

「風で飛んだんだろ」

「いくら薄手でも、みつからないくらい遠くには飛ばないと思う。捜したけど付近には落ちてなかったし」

「盗まれたのか」

「う～ん、どうかなあ。気に入ってたのに、ガッカリだよ」

麻素材のブレザー型で、生成り色が爽やかな上着だ。今朝、出がけに半袖《はんそで》シャツの上にはおったのを覚えている。

「この季節のジャケットって二枚しか持ってきてなかったからさ。寮に洗い替えを取りに戻ったんだけど、しまいっぱなしでシワシワ」

言う巽の声が、やけに耳の奥でこだまする。

「長袖の季節なんてすぐ終わりだ」

喋るのも気だるく、頭がのぼせたようにフラついて、背中がしっとり汗ばんだ。

巽は怪訝《けげん》そうに首を傾げ、ジャケットをソファに置く。

「偕さん。なんか、機嫌悪い……ていうか、もしかして具合でも悪い？」

心配そうに顔を覗きこみ、具合を診《み》ようと手を伸ばす。

偕はその手を強く振り払うと、正面から巽に向き合った。

「前に『ストーカーは俺だけじゃない』って言ったことがあっただろう」

「え……、いつ」

「君が最初にここに押しかけてきた日だ。ストーカー並みに僕を観察していた君が、俺だけじゃないと言ったんだ」

「ああ、ベッドを壊した日」

「それは深井教授のことか？」

巽の眉根がピクリと寄って、見る間に表情を変えた。

「あいつになにかされた？」

眼光が鋭い光を放ち、唇から牙を覗かせてギリリと奥歯を噛む。資料室で深井に会った時と同じ顔。いや、もっと凶暴で、今にも深井を食い殺しに飛び出しそうな顔だ。

「なにもされてない。僕たちの話してる姿が普通以上に親密に見えるから、構内ではつつしめと注意を受けただけだ」

抑揚を抑えた声で要点を伝えると、巽はその奥深くまでをじっと見透かす。

「でも、あいつは偕さんをいやらしい目で監視してる。偕さんは今日、それに気がついたんだろ」

「……君は……いつから知ってた？」

「入学してわりとすぐ。資料室で会った時には、独占欲の臭いがプンプンしたよ。露骨な兆しはなかったんで、ずっとようすを見てた」

巽は入学してからの約一ヶ月、姿を現さなかった。偕を愛でていたなんておちゃらけて言っていたけど、実は深井が危険な人間かどうか密かに窺っていたのだ。

「僕はなにも感じなかった。好色の気配なんて隠しきれるものじゃないのに、今日までなにも」

「あいつ、偕さんに発情しやがったのか」

「そんなはっきりしたものじゃなかった」

「同じことだろう。深井の色情は歪んでる。思いつめるとなにしでかすかわからないから、警戒はしたほうがいい。できれば、助手の仕事はすぐにでも辞めてほしいけど」

「途中で放り出すなんて無責任なことはできない」

「言うと思った。取り返しのつかないことになったらどうするんだ」

「実害もないのに、憶測だけでものを言うな」

苛立ちの裏で艶《なま》めかしい欲求が膨れあがって、巽の瞳から視線を落とす。

「害があってからじゃ遅い」

偕は、磁石に引きつけられるかのように顔をあげた。巽と目が合うと苛立ちがパチンと音をたてて弾け、張りはじめた下腹の痛みが悩ましい疼きを訴えた。

「なにかあっても自分で対処する。君は手を出すなよ」

理性を手放してしまいたい衝動をこらえ、強気の声を振り絞る。

「夕飯はいらない。今夜はもう早寝するから」

さっさと風呂に入って溜まったものを処理して、この厄介な感覚をリセットしたい。

ところが、巽を押し退けて寝室に一歩入ったところで腕をつかまれ、乱暴に振り向かされてしまった。

「エロい匂いがする」

思わず巽の手を振り払い、彼の頬《ほお》に平手を放つ。

怒りとも嫉妬とも取れる狼の瞳が、偕を見据えた。

見あげる視線が強く拘束される。

とたん、理性の壁が崩れ落ちて、欲求が暴発した。むき出しになった官能が、自分の求めているものを唐突に理解させた。

「深井のせいで発情したのか。あいつとやりたくなったんだ」

「ち、違う。そんなこと……考えたくもない」

「妬《や》けるなあ。俺にはお預け食《く》らわしといて、他で簡単に発情されちゃ立場ないぜ？」

紳士のオブラートに包んでいた獣が顔を現す。

責める低い声に性感が揺さぶられて、熱の上昇がとまらなくなった。

発情の相手は深井なんかじゃない。だけど、彼とのジメついたやりとりがきっかけになっているのは否定できない。

満月のせいで血がざわつくことは多少あるけれど、こんなに体がせっぱつまったのは初めてだ。溜まった精を解消したいだけじゃなく、うごめく官能の底にはっきりとした目的があるのを感じる。

これまでどんなに性欲が疼いても、特定の誰かを欲したことはなかった。なんの感情も持たず、ただ発散するためだけに条件の合う相手を選んでいた。

でも、今は巽が欲しくてたまらない。

他の誰でもなく、この体は巽に欲情しているのだ。

「抱かれたいなら俺にしとけよ。死ぬほど悦くしてやるから」

「……っ」

淫《みだ》らな衝動に負けそうで膝が震える。

見つめ合うこの戸口が、巽との距離を隔てる境界線。彼は踏みこんでこない。だけど目を逸らしたら……背中を向けようものなら、たちまち襲いかかって食いつくされてしまうだろう。

官能の芯がジリジリと焼ける。早くドアを閉じなければと思う。

偕は巽を睨みあげ、突き飛ばそうと手を伸ばした。その指が一瞬で方向を見失って、気がつくとシャツの胸元をつかんでいた。

抑えようとしていた官能に火がついたのだ。暴れ出した細胞は、もはや満足するまで鎮めようがない。

勢いに任せて巽を寝室に引き入れ、つま先立つと、噛みつくようなキスで唇にむしゃぶりついた。

応酬する巽のキスが、渇いた偕の唇を濡《ぬ》らす。荒々しい舌が絡みつき、高熱に焼ける口の中を蹂躙《じゅうりん》する。

抱き合ったままベッドに倒れこむと、激しい衝動にかられて互いの体を貪《むさぼ》り合った。

脱ぎ捨てた服が、次々に床に落ちる。

愛撫《あいぶ》を施すのももどかしく、しがみついた巽の肩に歯をたてた。

自分はなぜこんなことをしているのだろうかと、思うそばから頭の中に打ち消すノイズが走った。

なにも考えたくない。もうなにも考えられない。燃えあがった炎は、渦を巻いて広がるばかり。この熱い感触が欲しかった。プライドもたてまえもかなぐり捨てて、本能のままに巽を味わいたいだけだ。

素肌を何度も強く吸われて、ピリピリした痛みがいっそうの疼きを誘う。固く収縮した乳首を犬歯で噛まれると、官能の声をあげて身を悶《もだ》えさせた。

腰を浮かせて要求すると、すぐに巽の手が下りて張り出したそれを握る。

トロトロの液にまみれた勃起《ぼっき》が強く扱《しご》かれ、望みどおりの刺激がピンポイントに施されていく。欲望を達成させるには当然それだけじゃ足りなくて、後ろの襞《ひだ》がヒクヒクと淫らに痙攣《けいれん》していた。

剛欲を迎え入れる箇所が焼けついていてたまらない。

一刻も早く欲しい。巽の勃起を握ってみると、張りつめたその大きさと熱に興奮がますます昂《たか》ぶった。

「も……挿《い》れて……くれ」

今にも絶えそうな喘《あえ》ぎ混じりの声で訴えると、巽は液でヌルついた中指を偕の襞に挿《さ》し入れる。ゆるりと奥を撫でてから指をもう一本増やし、小さな抽送《ちゅうそう》を繰り出した。

「まだ早い。奥がほぐれてないだろう」

ダイレクトに快感を振動させる一点を擦られて、偕は屹立《きつりつ》を痙攣させながら両足を大きく開いた。

「いいから……来い……っ」

巽は指を引き抜くと偕の膝裏を持ちあげ、さらした淫乱《いんらん》な窪《くぼ》みに熱の先端をグリッと押しこむ。

「ほら、中はこんなに固いじゃないか」

きつく閉じた内部が巽を締めつけていた。それでも、早く最奥を犯されたくて、偕は腰を揺り動かして欲求を伝えた。

「しかたないな。流血しても知らないよ?」

巽は通り道を確かめるようにして、全貌《ぜんぼう》をいったん偕の中に沈める。

「はやく……、欲しい」

せがまれて、巽はゆっくり腰を引くと、半身を倒してひと息に体内を貫いた。

「はっ……ああっ!」

鋭い痛みが腹の中を走った。それ以上に、腰が砕けそうなほどの鮮烈な快感が体を駆け巡った。

「俺の、気に入った?」

「あ……悦《い》い。もっと……もっと強く」

快楽に流されて翻弄《ほんろう》されて、滅茶苦茶《めちゃくちゃ》になりたい。灼熱《しゃくねつ》の杭《くい》で体の中をもっとグチャグチャにかき混ぜてほしい。

「はぁ……あ……」

乱れる呼吸が羞恥《しゅうち》を押し遣《や》り、淫靡《いんび》な欲求だけが際限なく溢れ出す。こんなにも貪欲《どんよく》に男を求めたのは初めてだ。

巽は律動に体重を乗せ、偕の望むままにハードな蹂躙を与える。

絶頂へと導く箇所を固く張った剛欲に擦りあげられ、何度も最奥を貫かれ、叩きつける激しさで腰が突きあげられる。

しがみついた巽の背中に、偕の爪が食いこんだ。

やがて熟れた鈴口が開き、気が遠くなるような快感の中で欲情を吐き出した。


荒れた呼吸で喉《のど》が張りついていた。

熱が引きはじめると、余韻のかわりにあと味の悪い苦味がこみあげてくる。

「重い。どけ」

離そうとしない巽の腕を邪険に払い、半身を起こした。

「偕さん、まだ体が終わってないでしょ。もう一回しよう」

「……っ」

裸の背中を指でたどられて、燻《くすぶ》る熾火《おきび》がまた燃えあがりそうになる。巽の声を聞いただけで全身が粟立って、乳首が収縮した。

「触るな、ばか」

「またばかって言う。さっきまで可愛くしがみついてきてたのに。俺たち、最高の相性で抱き合ったじゃない」

荒々しかった巽はすでに牙を隠していて、偕の罵倒《ばとう》をものともせずスルリとかわす好青年に戻っている。

なんだか自分だけが淫乱な尾を引いているようで癪《しゃく》に障る。自ら最後の一線をぶち壊して、我を忘れるほど貪欲に求めてしまったのが屈辱だ。

セックスは性解消の機械的手段でしかなかった。だからいつでも優位に立って相手をリードしてきた。それなのに、夢中になって乱れてしまったこのていたらく。

流されて他人を受け入れるなんて、自分らしくない。

だいたい、狼のくせに能天気でけなげに尽くすフリをする二面性が気にくわない。餌付けしようなんていう姑息《こそく》な根性が気にくわない。百七十五ある自分よりさらに十センチも上から見おろしてくるのが、年下のくせに生意気だ。

言いがかりだと言われようがなんと言われようが、なにもかもが気にくわなくて腹が立つ。

「寮に戻れ」

「え、今？」

巽はベッドに起きあがって、向き合う偕の表情をじっと窺う。

「そう、今すぐ」

「夕飯は？」

軽く首を傾げて言われて、その仕種《しぐさ》にムカついた。

もうその手には乗らない。気の抜ける発言をいちいちまともに聞いていたら、またつけこまれて踏みこまれて、巽の思う壺《つぼ》になってしまう。

「いらないと言った。今すぐ荷物をまとめて出ていけ。そしてもう二度と来るな。大学でも話しかけたりするな」

「それは嫌だ」

「僕は一度寝た相手とは深い関係を続けない。君も希望どおり家政婦の真似《まね》事をしてセックスまでして、気がすんだだろ」

「納得できないな。俺が欲しいのは偕さんの心。望みは、俺の愛情をあなたに感じてもらうことだから」

「やめてくれ。恋愛なんかに束縛《そくばく》されるのはごめんだと、何度も言ってるじゃないか。君が強引に転がりこんでからというもの、ペースを乱されっぱなしで迷惑してる。このあたりでいいかげん終わりにしてもらいたい」

「ペースを乱されるのは、俺の存在を意識してるからだよ。偕さんは俺の情に傾きはじめている。でも認めたくなくて、そんな強がりを言ってしまうんだ」

「うぬぼれるな。なにが強がりだ、ばかばかしい」

態度を硬化させた偕は、もう巽の言葉を聞かない。ことごとくはね返していく。最初からこうすればよかったと思う。なまじっかキープしておこうなんて色気を出したから、こんな厄介なことになったのだ。

「僕が君に甘い顔をしてたのは、可愛い凜が選んだ大牙くんの弟だからだ。それにつけこんでズカズカ踏みこんで、そのうえ教授までおかしくなって、静かだった一人暮らしはもう星の彼方《かなた》。愛だの恋だのでゴタゴタするのは、最も嫌いなパターンだ。君とのこんな平行線の会話は、もっと嫌いだ」

「平行線なんかじゃない。俺たちは絶対に愛し合える」

「うるさいっ、黙れ！」

「何度でも言う。愛してる。偕さんは俺のものだ」

一喝しても、巽は揺るぎを見せない瞳をまっすぐ偕にぶつけてくる。

「いいかげん、あきらめろ」

「あきらめない」

視線を据えて言う巽が、偕の手をそっと握る。偕はそれを叩き払うと巽を睨みつけ、瞳に意地の悪い光を宿した。

「じゃあ、そんなに僕のそばにいたいなら犬になれ」

「犬？」

「選択肢を三つやろう」

巽は枕《まくら》を抱えて顎を乗せ、真摯に聞く姿勢で頷いた。

「大学も医者になる夢も捨てて、僕の飼い犬になるんだ。二度と人間の姿には戻るな。そうしたら、責任持って一生面倒を見てやる。君はペットとして忠誠と愛を存分に貫けばいい。もうひとつは――、僕とのことはなかったことにして今すぐ寮に戻れ。北海道でのことも、ここでの暮らしも、今夜抱き合ったこともすべて忘れろ。その図々しい頭の中に一ミリたりとも残しておくな」

巽の眉が、難しく寄っていく。

「究極の選択だな。三つめは？」

「どっちも嫌だというなら、僕が人間を捨てる」

偕は吐き捨てるように言うとベッドを降り、ふわりと猫の姿に変身した。ガラス玉に金を閉じこめたような瞳と、背中に褐色の線が一本入った美しい赤毛の猫だ。

偕は寝室から走り出ると、四肢をしなやかに躍動させて本棚に駆けあがり、追ってくる巽にプイと背を向けて体を丸めた。

本棚の下で、ガタゴトと踏み台を移動させる音が聞こえる。

「わかったよ。俺はあなたから離れたくない。どんな形でもそばにいたいから、ペットになる。だから偕さんは人間に戻って」

踏み台に乗った巽が、背後で囁《ささや》くように語りかける。甘くて優しい、まるで至福を伝えるような、静かに響く低い声だ。

ふいに、力強い腕が伸びてきて、体が持ちあげられる。そのまま胸に抱きとられて、寝室に連れ戻された。

「猫の姿になっても美人だな。艶々の赤毛がシルクみたいにサラサラで、触り心地がすごくいい」

巽はサラリとした感触の毛皮に鼻先を埋め、キスをしながら目を細めた。

そして、頑《かたく》なに丸めたままの偕の体を丁重に、宝物を扱うかのような手つきでそっとベッドにおろし、寝室を出てドアを閉じた。

片づけか身支度でもしているのか、リビングで動く微かな物音が耳に入ってくる。

猫耳をピクピクさせて動き回る気配を聞いていると、やがてカシャカシャとフローリングを歩く獣の爪音に変わった。

狼の姿に変身したのだ。

半獣は長く獣の姿でいると理性と記憶を失って、人の形に戻れなくなってしまうという伝承がある。それは北の一族にも伝わっているはずだ。脅迫じみた三択なのに、即断するところが信用ならない。どうせ明日には元に戻って、『偕さんのために』とかなんとか言って朝食を作り、いつものようにヘラヘラと笑うのだろう。

もう二度と惑わされない。あの調子のよさに流されるものかと思う。

しかし――。

巽は朝になっても狼のままだった。

朝食どころか、巽という人間の痕跡《こんせき》を抹消して、持ちこんだ荷物はクローゼットの隅に収め、起床した偕が寝室から出ると尻尾《しっぽ》を振って甘えてきた。

そうして夜になっても、その翌日も、そのまた翌々日も。従順な獣は人間の姿に戻ることはなかった。

仕事を終えて旧校舎を出ると、裏門に向かう途中で、植えこみに飛びこむ白い影を見かけた。

遠目だったけれど、それは葉を揺らして次の植えこみへと駆け、塀《へい》を軽々と飛び越えて夜の闇《やみ》に消えた。

「あら嫌だ。見ました？　高峰さん。今の、犬でしたよね」

すぐ後ろを歩いていた事務職員が、声をかけて不安そうに小走りで追いついてくる。

「そのようですね」

偕は目を凝らし、白い影の軌跡を視線で測った。

「あの高い塀を飛び越えるなんて、けっこうな大型犬よ。野良かしら。怖いわ」

「都心の街中に野犬はいないでしょう」

「ああ、そうね……。じゃ、迷子かしら。保健所に通報したほうが」

「近所のペットが脱走して、ちょっと散歩を楽しんでただけかもしれない。今ごろ飼い主は慌てて捜してるんじゃないかな」

「そ、そっか。きっと懐こくておとなしいわよね。あんな大きくて白い犬は、立派な血統書付きに違いないものね」

事務職員は、裏門を出ると恐る恐る周囲の闇を見回す。

「それでは。僕はこっちなので」

「あ、はい。どうも、お疲れさまでした」

身を守るようにしてバッグを抱える彼女は、犬が怖いのだろう。カツカツとヒールを鳴らし、駅に向かう道を急ぎ足で駆けていった。

でも、あの大きな犬は人間を襲ったりはしないはずだと思う。なぜなら、あれは……たぶん。

偕は空を見あげ、短い息をひとつ吐いた。

今夜は薄い雲のかかった新月だ。夏はすぐそこ。まとわりつくような風が、雨の匂いを孕《はら》んで吹き通っていく。

マンションに帰り着いてドアを開けると、いつものように玄関で行儀よくお座りした巽が出迎えた。

全身が銀灰色の豊かな被毛《ひもう》に覆われていて、耳先と尻尾の半分だけがチャコールグレイの大きな狼だ。

頭を撫でてやると、巽はパタパタと尻尾を振って喜びを表す。

「ただいま、巽」

「ちょっと見せてごらん」

ゴミか葉クズがついてないか、毛皮をかき分けてチェックしてみた。足の裏も持ちあげて見てみたけど、汚れはどこにもない。

「僕の留守中、外に出たりしてない？」

両手で頬の毛をつかんで固定して、青い目をじっと見ながら問いつめてみる。長い舌でベロリンと顔を舐《な》めてきたので、鼻先をカプッと齧《かじ》り返してやった。

「さて、と。お腹が空《す》いた？　今日は帰りが少し遅くなってしまったからね」

偕は、キッチンに入ってすぐに夕飯の支度を始めた。

ドッグフードがお気に召さない巽は、偕の作る最低限の栄養を考えた手間のかからない料理を一緒に食べるのである。皿にご飯とおかずと軽く焼いた肉を盛って床に置いてやると、ひと粒残さずうまそうに完食し、ご主人様が食べ終わるのを横に座って待つお行儀のよいワンコだ。

夕飯のあと片づけが終わると、巽は合図を待つかのように偕の動作に集中する。

軽く頷いてやるといそいそと玄関に走り、スリッパラックにかけてあるリードを咥《くわ》えて持ってきて、偕の足元にポンと置いて見あげた。

「よし、散歩に行こう」

食後すぐ散歩に出るのが、日課になっているのである。

歩くコースはだいたい同じ。毎日の散歩は面倒ではあるけど、運動不足の解消になると思えば許容範囲だ。

町内を一周してから公園に入り、通行人や散歩中の犬がいないのを確認してリードを外す。解放された巽がピョンピョン跳ねて偕に飛びついてくるのは、いつものこと。

「こら、服が汚れる」

偕はまとわりつく巽を引きはがし、木の下に落ちている手頃な枝切れを拾った。

「これでちょっと遊んでみるかい？」

目の前で枝を軽く振って見せてから、ポーンと放り投げた。

「取ってこい」というかけ声を聞くや、巽は全速力で追いかけ、地面に落ちた枝を咥えてまた全速力で戻ってきた。

「おお、いい子だ。じゃ、もう一回」

と、今度は力いっぱい遠くに投げてみたら、柘植《つげ》の植えこみの向こうの草むらに落ちてしまった。

しかし、疾走する巽は植えこみも草ボウボウも、ものともせず飛びこんで枝を咥えてすぐに駆け戻ってくる。

それを何回か繰り返すと、銀灰色の毛皮がもう小枝と枯れ草だらけだ。

どこからどう見ても、従順で懐こい飼い犬である。

しかし姿は狼だけど、中身は知性を備えた人間。それも誇り高き一族で、外科医を志望する秀才。こんなペット生活に徹して楽しいのだろうかと、尻尾を振って走る姿に首を傾げてしまう。

家に帰ると足を拭いてやって、毛皮にくっついたゴミをひとつひとつ丁寧に取り除いてからブラッシング。

ソファを汚されたら困るので、散歩あとのボディケアは念入りだ。

「けっこうホコリっぽくなってきたな。次の休みにはシャンプーするぞ」

そんな語りかけに、巽は『了解』とでもいうふうに尻尾を振った。

フサフサの首周りを梳《す》いてやると、目を細めて偕の唇をペロペロ舐める。

「草むらに突入する遊びは、もうやめよう」

小枝の絡まった毛の一房を解きながら言うと、巽は『なんで?』とでもいった表情でぴょこんと耳を動かす。

「ひっつき虫がくっつきまくったら、取るのに苦労するから」

なにげなく答えて、自分の言葉がズキンと胸に刺さった。

ひっつき虫は、服や動物の毛皮にくっついて運んでもらう植物の種子だ。花季が終わって種になるのは、秋。

巽は、秋になっても人間には戻らないつもりなのだろうか。このまま、冬を越えて春を越えて、そしてまた夏を迎え。想いを貫くために、家族も医者になる夢も、なにもかも捨てて……一生……。

まさか、そんなことはありえないと思う。こんな不自由な犬の生活なんて、じき飽きて人間に戻るに決まってる。そうしたら、また調子のいい言い訳でもして迫ってきて、辟易させられるに違いないのだから。

とは思うけれど、言葉が通じてないんじゃないかと思ってしまうほど、巽の仕種や行動は犬そのものだ。世話をされて満足そうにしているこのようすを見ると、そこはかとない動揺を感じてしまう。

ブラシの手をとめ、精悍《せいかん》な狼の風貌《ふうぼう》をじっと見つめた。

「いつまで……、飼い犬ごっこを続けるつもりだ？」

巽はちょっと首を傾げ、青味がかった瞳でじっと見つめ返してくる。

「大学だって、もうずいぶん休んでるだろう。一浪してるのに、このうえ留年までしたらどうする。いいかげん考えなおして人間に戻って、もう一度話し合おう」

顔をくっつけるようにして言うと、巽は生意気にプイと横を向いた。

「心配してやってるのに」

思わずムッとして、耳の先をキッと噛んでやった。巽はされるがまま、小さくピィと鼻だけ鳴らした。

なにを語りかけても、人語では返ってこない。

一抹の罪悪感と、人恋しさにも似た寂しさが胸をよぎった。

最初は、時間を割いてまでマメに世話をしている自分が不思議だった。

今は、一方的に喋りかけるばかりで言葉を返してもらえないのが、どうしようもなく寂しい。

まさか、すでに人間に戻れなくなってる……なんてことはないよな。

口の中でそう心細く呟いて——、いや一ヶ月足らずでそれはありえない、と頭を振って打ち消した。

巽は瞳に全身全霊の愛情を宿し、邪魔にならないよう静かに寄り添う。テレビを見ていると、足元に座って一緒に楽しむ。仕事をしている時は、椅子の後ろに伏せてひっそり気

配を潜める。灯りを消せば即座にソファにあがって眠りつく。

人間だった頃と変わらない、平穏にすぎていく日々。

だけど――。

「よし、きれいになった。どう？　さっぱりした？」

『偕さん』と呼ぶ巽の声が聞きたい。

そう思ってしまう自分の心が……あまりにも身勝手すぎて痛い。

「今夜はベッドで一緒に寝ようか」

言ってフサフサの首を抱きしめてやると、銀灰色の狼は偕の首筋に鼻先を擦りつけて甘えた。

「今日は朝から蒸してるね」

深井が上着を脱いで、襟元を冊子で扇《あお》ぎながらぼやいた。

「エアコン、つけましょうか」

「いや、風を入れてくれ」

「はい」

偕は機械的な返答で応じると、デスクを立って資料室の窓を開けた。

湿った風が流れこんできて、窓の外では二階を優に超える高さの桜の大木が、サワサワと枝葉をそよがせる。

「コーヒーでも淹《い》れますか?」

「アイスで頼むよ」

「わかりました」

備えつけの小さな流しに移動して、ミニ冷蔵庫から出したボトルのアイスコーヒーをグラスに注ぐ。ポーションタイプのガムシロップとクリームをつけて深井のデスクに置くと、深井は落ち着かないようすの横目で偕を見やった。

彼の発情の兆しは、あれ以来現れていない。

しかし、深井の色情は歪んでいると、巽が言っていた。危険が生じるような変態性はなさそうだけれど、やはりどこか偏《かたよ》りがあるような、腹に含みを持ったようすはいつにも増して不気味だ。

「他に、なにか？」

用がないか訊いてみると、深井は胸の前で両手の指先を合わせ、膝をカタカタと小さく揺らした。

「君の協力のおかげで、研究論文は今夏中に完成だ」

「予定どおりに運んでよかったですね。微力ですけれど、お役に立てたなら幸いです」

今さらな話題に、偕はありきたりの応えを謙虚に返す。

「秋の学会に発表するメドもついた」

「良い評価が得られると思いますよ」

「これまでの成果を学術書にまとめて出版する予定も決まった」

「おめでとうございます」

言いたいのは他のことだとわかる、含みだらけの焦《じ》れったい会話だ。

深井は、視線を偕から外して正面に転じた。

なにをもったいぶっているのだろうと、イラついてしまう。五秒ほど次の言葉を待ってもなにも言わないので、自分のデスクに戻ろうと背中を向けた。

すると、深井は姿勢をなおし、引きとめるようにして声をかける。

「山形の大学に特別講師として好待遇で招かれているんだが」

偕はゆっくりした動作で振り返り、再び深井に向きなおった。

「受けることにしたよ」

「では、今後はそちらを研究生活の拠点に？」

「学会の発表がすみしだい」

「そうですか。東北地方の古代伝承を集めたいと以前からおっしゃってましたから、いい機会ですね」

「存分に研究できるし、執筆活動にも力を入れられる。それで……」

深井は偕に視線を戻し、改めて口を開いた。

「君にも、ついてきてほしい。このまま、私の助手として」

「それは申し訳ありませんが、今の僕には民俗学は趣味の範囲ですので。これ以上お役に立てません」

なんとなく予想していた申し出である。即答で断ると、深井はなんとも言えない微妙な表情で自分の人差し指の関節をキリキリと噛んだ。

「不自由はさせないよ。充分な手当てを保証する」

「金銭の問題ではなく、他にやりたい仕事がありますから」

「週に何日か通う形でもかまわない。力を貸してくれないか」

「東京と山形を往復する生活は無理です」

きっぱり言って軽く頭を下げると、深井はまた膝を揺らしはじめた。

「そう……。高峰くん、最近なんだかそっけないねえ。私に対してだけかな?」

「気のせいでしょう」

突然なにを言い出すのかと、身構えてしまう。恩師を尊敬するスタンスを変えたくはないけれど、嫌悪の芽となった警戒心は解くことができない。隙《すき》を見せてまた発情されたら困るのだ。

「この論文が終わるまでは、引き続きお手伝いしますので」

「残念だよ……非常に」

深井は口元に薄笑いを浮かべ、椅子にダラリと背をもたせた。

「北の一族の、片桐くん。このところ見かけないけど、元気にしてるのかな?」

「……ええ、元気ですよ」

「君とまだ一緒に暮らしてるの？」

なぜここで巽の名が出るのだろう。偕は答えるのをためらい、怪訝に目をすがめて深井を注視した。

「そういえば、半獣は長期に亙《わた》って変身したままでいると人間に戻れなくなるって話があるのを、知ってるかい？」

身じろぎを忘れたかのように、偕は突っ立ったまま動けなくなってしまった。

どこからの脈絡かと思う唐突な切り替わりだけど、今の偕の状況ではあまりにもタイムリーすぎる話題だ。深井がこれからなにを言おうとしているのか、予想もつかなくて背筋が冷えた。

「培ってきた知性も理性も、人間として暮らした記憶までなくしてしまうそうだ。私はまだ身近で例を見てはいないから、真偽はわからないが。しかし普通に考えてみれば、何十年も獣でいたら人間の生活を忘れてしまうのも納得できる現象じゃないかね。もともと半分が獣なだけに」

「まあ……そうかもしれませんね」

いったいなんの前振りなのか。警戒する偕はうかつな発言はしないよう、深井の反応を見ながら返答を濁す。

深井はクックッと喉を鳴らして不気味に笑い、なにか示唆するような上目遣いの視線をギョロリと横に流した。

「でもねえ、ほんの数日で人間を忘れさせる方法もあるんだよ」

偕のキャッツアイが鋭い光を放った。

深井の視線の先には納戸がある。彼は、そこを開けてみろと示しているのだ。

半獣の血に受け継がれた第六感だったかもしれない。偕は納戸に入ると、それが隠された場所を正確に探りあてた。

五段に分かれた棚の一番上。踏み台に乗ると、ゴチャゴチャに置かれたガラクタの奥から古びた小型のトランクを引きずり出した。

鍵はかかっていない。

留め金を外してフタを開くと、中に収められたものを見て息を呑《の》んだ。冷えた背中が、今度は一瞬で汗を滲《にじ》ませた。

そこにあるのは、なにかを包んだ巽のジャケット。いつだったか、屋外コートでバスケをしている間になくなったと言っていた麻のジャケットだ。

そうだ。なくしたと言っていたのは、確か巽に欲情した自分にうろたえた日。巽が飼い犬になることを選んだ日のことだった。

ジャケットを開いてみると、木片を荒く削った置き物と革紐《ひも》に連ねた天然石の勾玉《まがたま》が転がり出た。

そこから漂う禍々《まがまが》しさに、偕は思わず顔をしかめた。

魔を払う神具であるはずの勾玉は故意に汚され、無数の深い傷が刻まれている。木片の置き物は四本足の獣、狼をかたどったものだ。錆《さ》びた釘を何本も打ちこんだうえに、火で炙《あぶ》った形跡がはっきりとわかる。そして、ジャケットの裏には朱色の顔料で書かれた古代文字。

「これは……」

沖縄の文献にいくつかの断片が残されている呪法《じゅほう》のひとつだったはず。狼の木片を引っくり返して見ると、腹の部分にも古代文字が書かれている。完璧《かんぺき》ではないけれど、我流で少しは読み解けるその文字は人の名前だ。

「巽に……呪《のろ》いをかけた？　いったい、なんの……」

「それは猫族が南に、狼族が北にと本拠を分ける以前。かつて両種族が縄張りを争っていた時代に、人狼の知と理を封じるために使っていたという忌禱《きとう》祈願の光闇《こうあん》呪術だよ」

慄然とする偕を見やり、深井は喉をいっそう鳴らして笑う。

「私がまだ沖縄にいた頃に研究していたテーマだ。半獣の存在は公にできないので、涙を呑んでお蔵入りにしたがね」

「知と理を封じるって……まさか」

「君が白い狼を散歩させてるところを、見かけたよ」

まさかと思いながらも、背筋を這《は》う戦慄《せんりつ》がとまらない。

「あれは、片桐くんだろう？」

偕は瞬《まばた》きもせず深井を凝視して、汗ばむ両手を握りしめた。

「呪いは完成したようだ」

「研究者であるあなたが、なぜそんなばかなことを」

巽がペットになることを選んで変身したあの晩、偶然にも深井は古代呪術を実践していた。そして、狼の姿で散歩する巽を見て呪詛《じゅそ》の完成を確信し、今こうして偕にタネを明かしているのだ。

もしかしたら、巽は本当に自力では人間に戻れなくなっている。未知の力によってすでに知と理を失っているのだろうか。

いや、現代の日本でそんな非科学的なことはありえない。

しかし、ありえないと思うのに。

「解呪《かいじゅ》の法は……？」

　などと口走ってしまう。

「呪いを解く方法は、ふたつある。まずひとつめは、俗に言う『呪い返し』だね。術が完成する前に暴いてはね返す。だがこれはもう不可能」

　勝ち誇った顔の深井は、立ちつくす偕の前に歩み寄り、教壇に立って講義するような調子で説明する。

「もうひとつは、術者が祈願成就の解呪を用意していた場合」

「教授は」

「私はもちろん、用意していますよ。教育の一端を担う者として、前途ある若者には可能性を残しておいてあげなければね。ただし、無条件では解いてあげられない」

「僕に……、あなたのものになれと、言っているんですか」

　彼の目的はそれしかない。深井は酔ったような焦点の据わった目で、今度はじっとりした言葉を続けていく。

「私はね、学問に没頭するあまり他人に関心を持ったことがなかったんだ。ただ一人、高峰くんだけは初めて会った時に愛《いと》しいと感じた。触れなくても、見ているだけで満たされた。欲望のない、崇高な愛だったよ。……片桐が現れる前までは」

講義調の次は、恨み節である。

「私の欲望は、もっぱら研究に向けられていた。論文作成が佳境に入ると原稿用紙に射精してしまうほどにね。それが、あの狼青年が現れてからというもの……、君の匂いが日に日に甘くなっていく。おかげで……私の体までおかしな反応を始めて……」

ナルシシズムとも言える学問への異常な情熱と、ただ一人関心を持ったという教え子への執着。深井の呼吸がしだいに早くなり、欲情の兆しが急速に上昇していくのがありありと感じ取れる。

偕は背けてしまいたい視線を深井にとどめ、「それで？」と続きを促した。

「他人を思って射精したことなどなかったのに……、君が片桐とセックスしているところを想像して、何度も自慰に耽《ふけ》った。嫉妬と性欲で……もう気が狂いそうだ」

切れ切れになっていく声の奥で、渇いた喉がヒューヒューと不気味な音を発する。深井の手は自分の腹をさすり、臍《へそ》の下方へと下りていった。

「ここが……ひどく痛んでたまらないんだよ。片桐は私を穢《けが》した。君と私の崇高な愛を壊した」

「それはあなたの勝手な妄想です。巽に恨みの矛先《ほこさき》を向けるのはおかしい」

「高峰くんも悪いんだよ。狼の小僧《こぞう》なんかを可愛がるから」

巽の言ったとおり、ナルシシズムで形成された深井の色情は歪んでいる。そして凝り固まった歪みは、些細《ささい》なきっかけで崩壊し、やがて暴走する。今の彼に言葉は通じない。なにを言っても無駄だ。

「私の祈願は、高峰くんを奪い返すこと。呪いは解いてあげよう。だから、片桐を捨てて私のものになりなさい」

偏執《へんしつ》に囚《とら》われた人間の妄言なんか、まともに耳を傾けちゃいけない。無視して今すぐここを出なければ——。

わかっているのに、体は動かせずコメカミがズキンズキンと不穏に脈を打つ。鈍る頭の中が混沌《こんとん》として、思考力も判断力もなくしたかのように拒否することもできず、意識が遠くなっていく。

「私についてきてくれるね？」

彼の望みに従えば、本当に巽は人間に戻れるのだろうか。偕は、見えない力に操られでもしたかのように頷いた。

「君は私のものだ。私の」

深井は憑《つ》かれたようにブツブツ言いながらにじり寄り、固く盛りあがった股間《こかん》を押しつけてきた。

「こ、こんなところで……やめてください、教授」

「片桐に与えている体を、私にも見せてくれ」

「う……っ！」

おもむろに抱きついてシャツを脱がされそうになって、さすがに慌てた。

縛られていた意識がパンと音をたてて戻ってきて、反射的に深井の胸を思いきり突き飛ばした。

「く……高峰ぇ……」

と、よろけた深井が体勢を立てなおす間もなく、開け放された窓の外で桜の枝が大きくたわむのが見えた。

次の瞬間。

銀灰色に輝く獣が飛びこんできた。

「巽っ？」

着地すると同時に力強い四肢で跳躍し、牙をむいた巽が深井に襲いかかる。床の上に仰《あお》向《む》けに押し倒すと、恐ろしい唸り声をあげて喉笛に食らいついた。

「いけない！」

血の味を覚えてしまったら、本当に取り返しのつかないことになる。偕はとっさに叫びに近い声を張りあげた。

「やめろ、巽！　やめるんだ！」

皮膚を食い破る寸前、制止を聞いた巽が動きをとめる。

狼の下敷きになった深井は恐怖で身じろぎもできず、仰向いたまま色を失った唇をわななかせていた。

「わ……私を殺したら……呪いを解くことはできないぞ」

やっとのことで口をパクパクさせて言うけれど、震える声はガクガクだ。

「理性を保て。巽」

偕は、猛《たけ》る巽の隣に膝をつき、落ち着かせようと襟の被毛をつかむようにして撫でた。

「僕の言葉が理解できてるなら、その牙を教授の首から外してくれ」

深井の喉に食らいつく巽は、横目で偕を見あげながら顎を緩める。

「いい子だ。頼むから」

懇願は耳に届いたらしい。巽は獰猛《どうもう》な牙を深井からゆっくりと解放して顔をあげた。

「つ、通報してやる。そうしたら、おまえなんか即射殺だぞ。でなかったら、動物園送りだ。檻《おり》の中で惨《みじ》めな一生を終えるがいい」

などと言う深井は、狼の前足に肩をきつく踏みつけられたまま、まだ起きあがることができない。

「なに無責任なことを言ってるんですか。早く彼を元に戻してください」

「こんな凶暴なやつ、人間でいる資格はない」

「勝手な恨みで人を社会から抹殺《まっさつ》するなんて、有識者のやることじゃないでしょう」

「こんな野蛮《やばん》な姿を見ても、まだこいつのほうがいいと言うのか」

「もちろんです。さあ、解呪の法を」

巽はちょっと首を傾げ、言い争う二人を交互に見比べる。

「君はさっき、私のものになると言ったな」

「気の迷いでした」

「じゃあ呪いは解いてやらん」

「巽をけしかけますよ」

「脅すつもりか」

「偕さん、呪いってなんの話だ?」

「はるか昔に狼族の力を封じるために使っていた猫族の呪術だよ。って……え?」

割って入った質問に早口で答えてから、偕は横を見あげて目を見開いた。

「巽……?」

つい今しがたまでむき出していた牙がない。獣の耳がない。裸の体軀には銀灰色の被毛もない。そこにいるのは、どこからどう見ても人間の巽だ。

「人間に戻れたのか」

「な、なぜだ。解呪はまだ」

「意味がわかんねぇんだけど」

巽は人間の五本指で深井の肩をつかんだまま、偕に向かって訝しげに首を傾ける。

「え、つまり……その……」

なにがどうなっているんだか、説明の言葉が出てこない。目の前の現象と思考のパーツがバラバラで混乱してしまう。

「おまえは、もう人間じゃない。二度と戻れないはずだ」

「はあ？　俺はいつでも好きな時に人間に戻れるぜ？」

「ばかな……っ」

「……あ」

三人して顔を見合わせると、偕は自分が呪いを信じていたことにハタと気がついて愕然としてしまった。ありえないと否定していたはずなのに、巽の身を心配するあまり呪いを解くことしか考えられなくなっていたのだ。

「そうか……」

ホッとしたと同時に、肩の力がガクリと抜けた。

「教授は、狼になったまま知性も理性もなくしてしまうという古代の呪いを……君にかけたんだよ」

偕は気をとりなおし、床に転がっている呪具を指差した。

「あ、俺のお気に入りジャケット」

「この人が盗んでいたんだ。呪術に使うために」

「てめーかよ」

巽は一瞬呆れ返った顔をして、すぐに表情を変え嘲《あざけ》りの目で深井を見おろした。

「そんなくだらない呪いが効くわけねえだろ」

「くそ……っ、今回はなにかが足りなかっただけだ。呪文《じゅもん》が完璧じゃなかったのか……手順か……。つ、次は成功させる。新たに術をかけて、今度は呪い殺してやる」

「なるほど。邪魔な俺を抹殺して、偕さんをものにしようって魂胆か」

「教授。往生際が悪いですよ」

「ボンクラ学者のあんたに呪い師の才能はない。そんな神秘の力を持ったやつが近くにいたら、半獣の勘にピンとくるはずだからな」

「お、おまえら……ただではすまさん」

　嫉妬と屈辱にまみれた深井は、怒りの形相で口走る。敗北を認めることも、とりつくろうこともできない。もはや正常な判断を失っているのだろう。

「偕さんに手を出したら、ただじゃすまないのはあんたのほうだぜ。なんなら今ここで、その喉笛を噛み砕いてやろうか」

　深井の肩をつかむ指先が獣の爪を現し、冷や汗で湿ったシャツにギリリと食いこむ。唇の間からは、肉を引き裂く鋭い牙が覗いた。

「巽、もういいから。人の命を預かる職業に就こうという君が、そんな物騒なことを言っちゃいけない」

　偕は軽くたしなめ、「とりあえずそのブラさがったものを隠しておけ」と、呪文の書かれたジャッケトを巽に渡した。

「ひでえ……。この朱い字、なにで書いてんだ？　洗濯しても落ちなさそうじゃないか」

　巽は再起不能に汚れたジャケットを受け取り、ぶちぶち言いながら腰に巻く。それから深井の胸ぐらをつかんで引きずり起こし、椅子に座らせ脅しをかける。

「さて、どう落とし前つけさせようか」

「教授。この件では、僕は公に訴えることができます。卑俗な私情で呪術を実践したことが学会に知れ渡ったら、あなたはつま弾きでしょう。助手と狼男の関係に嫉妬したなんて笑い物だ。半獣などというおとぎ話を信じて本気で呪いをやらかす学者は、誰が見ても頭がおかしいとしか思えませんからね。これまで培ってきた研究者としての名に致命的な傷がつく」

偕は切れ長の目元をすがめ、落ち着いた冷ややかな声色で言う。

「山形の大学に行く話も取り消しにされるかもしれない。でも、僕は教授の研究への情熱を知っているし、恩師を訴えるなんて無情なことはしません」

深井は椅子に座った格好のまま、体を硬直させて口をパクつかせた。

「ああ、そうだ。片桐くんは北の頭領家の大事なご子息ですから、彼に万が一なにかしたら……、狼族による歯牙《しが》の報復は免れませんよ。我が身が大事なら、肝《きも》に銘《めい》じておいたほうがいい」

細く絞られた偕のキャッツアイが鋭利な煌《きら》めきを放ち、その後ろでは巽が口の片はしをニヤリとあげて牙を覗かせる。

「うぐ……あ」

やっと現実が見えてきたらしい深井は、言葉を発しようにもまともに声にならず、後悔と恐怖で顔を引きつらせた。

「僕はこういった色ボケのゴタゴタが大嫌いだ。いかがわしい目的で要請された助手役は今日かぎり、あなたとのかかわりは断ちます。二度と僕の前に現れないでください。いいですね」

最後に静かな怒りをこめて言い渡すと、精彩をなくした深井は両手と両足をだらりと垂らしてうなだれた。

「さあ、これで煩わしいことは片づいた。巽、帰ろう」

偕はクルリと振り向く。

「っと、その前に——。そんな格好で夜道を歩いたら警察を呼ばれてしまう。とりあえず狼に戻れ」

「あ、はい」

従順な返事をした巽は、スウと狼の姿に変身した。

我が家に帰ると、偕はソファに腰かけてガックリ頭を垂れた。

巽がペットになることを選んだ日に、偶然にも深井が呪いを実践していた。古代でも現代でも、呪術やおまじないの効力なんてそんなもの。しょせん偶然とこじつけと、思いこみの産物なのである。

重々わかっていたはずなのに、巽を心配するあまりとはいえ、なんとも自分にあるまじき醜態《しゅうたい》だ。思い出しただけでキャーと叫んで頭を抱えたくなってしまう。恥ずかしくて巽の顔がまともに見れない。

「あ〜、久しぶりの風呂でさっぱりした。犬用シャンプーで毛皮を洗うのとじゃ、やっぱ清涼感が違うよな」

ジーンズに上半身裸の風呂あがり姿の巽が、タオルで髪を拭きながら偕の隣に座る。

「人間の姿で偕さんのそばにいるのも久しぶりだ」

偕はバツが悪くて、背中を丸めたままフイとそっぽを向いた。すると巽は、偕の視線の方向に移動して顔を覗きこんできた。

「俺、犬に戻る?」

「いや……、もういい。ペットごっこは終わりにしよう。選択肢の話はなしだ。大人げないことをして悪かった」

そう言ってやると、巽は嬉しそうに口元をほころばせた。

「この間の夜、大学で白い大型犬を見た。あれは、巽だろ」

「あ、やっぱり見られてた？　いつも皆さんより先回りして帰るんだけど、あの晩はちょっとタイミングがずれちゃって」

「いつも……、資料室の窓から見てたのか」

「隠れて見張るのにちょうどいい枝があるんだ。会話までは聞きとれなかったけど、おかげで危ないとこ間に合ってよかった」

巽は心から安堵した顔で、はあ～と息をつく。

樹齢五十年の桜は、何本もの太い枝を横に張り出している。彼は毎晩、気づかれない距離に陣取り、重なり合う枝葉の間から深井の動向を見張っていたのだ。

「あいつ、思った以上に変人だったな」

「教授は自分の研究にしか欲情したことがなかったそうだよ。僕への愛情は、巽が現れるまでは性欲のない崇高なものだったと言ってた。でも君の存在にへんに刺激されて、嫉妬と焦りが暴走してしまったんだ」

「それにしても、呪術で他人に危害を加えられると思いこむなんて、学者のくせにどうかしてる。絶対まともじゃない」

「う……」

一時的とはいえ、深井のせいで巽が人間に戻れなくなったと思ってしまった自分もどうかしてた。偕は言葉につまって、ヒクリと頬を引きつらせた。

「偕さん。深井のものになるって？　確かあいつ、そんなこと言ってたよね」

「それは……その……。山形の大学に行くから、助手としてついてきてほしいって……言われて」

「本気で行くつもりだったの？　俺を置いて」

「そんなことは……」

「俺はなにもかも捨てて偕さんのそばにいる決心までしたのに」

「僕は……あの……」

「どうして俺を捨てようなんて思えるの」

やんわり責める巽が、一ミリも視線を外さず見つめてくる。

「そ……いや」

「あんな変態の言いなりになるって、なぜ？」

「な、なぜと訊かれても」

正常な判断を失うほど心配したからだなんて、悔しくて言えない。しかし、このまま口をつぐんでしまいたいけれど、納得させないかぎり巽の追及は続く。

甘えた言いかたをしてるくせに、逃げを許さない。まっすぐ見つめる瞳にがんじがらめにされて、ごまかそうにもしどろもどろだ。

「そういえば、偕さんも呪いを解けとかなんとか」

「だ……っ」

「らしくない。どうしちゃったの」

「だっ、だからっ。それは、単に一時の気の迷い。釈明するほどのことじゃないだろ」

追いつめられた感が癪に障って、しまいにキッと開きなおった。

「だいたいっ、いつまでも人間に戻らない巽が悪いんだ。大学にもろくに行かないで、こんなことが片桐家に知れたら僕が責任を問われるじゃないか」

「うわ、逆ギレ？」

「人間に戻れと言ったのに、君は無視して。ばかみたいにいつまでもペットごっこをやめないで」

人差し指を目の前に突きつけて転嫁すると、巽はそっくり返りそうな体勢になりながら偕の指をそっと握る。

「ばかって、そりゃ……偕さんのそばにいるためだよ。あなたがそう言ったから頑張って犬らしくしてたのに。そこは評価してほしいな」

「やりすぎだ。半獣は長く獣でいると人間に戻れなくなるって、知ってるか？」

「聞いたことはあるけど、それって気高き種族たるもの野生に堕《お》ちるなっていう戒めの言い伝えでしょ」

「僕だって、それくらいわかってたさ。だけど、一ヶ月近くも狼のままで会話もできないんじゃ、まさか……って、ちょっとは心配になるのが人情ってものだろう」

「え、偕さん。俺を心配してそんなこと考えてたの？」

「そこに持ってきて、あの狂気じみた教授を前にしたら……つい」

自分の醜態を思い出して、開きなおった勢いが萎《しお》れてしまう。

巽は、偕の人差し指を握ったまま、マジマジと見つめながら顔を近づけてくる。

「俺を人間に戻すために、深井の呪いを信じる気になっちゃった？」

「め……面目しだいもない」

頬に羞恥の色が浮かんで、思わず隠そうと横を向いた。

「なんだ……そっか。あまりにも偕さんらしくないから、他になにか弱みでも握られてるんじゃないかと思った。じゃあ、偕さんの弱みは俺だったってことか」

嬉しそうに言われて、偕は握られた指をジタバタと振りほどく。

「戻れと言った時に、どうしてすぐ人間に戻らなかった。あの時ちゃんと話し合っていれば、僕だってこんな無様はやらかさなかったのに」

そんな恨み言をこぼすと、巽の手が頬にそえられて顔を振り向かされた。

「だって、犬でいると優しくしてもらえるから。ご飯を作ってくれるし、散歩やブラッシングや……、ベッドにも入れてくれた。束縛されたくないって言ってた偕さんが、俺を世話するために貴重な時間を費やしてくれるのが嬉しかったんだ。名前で呼んでくれるようになったのも、犬になってからだよ」

「くだらない。そんなことで一生を棒に振ろうなんて」

「そばにいられるなら、一生あなたの飼い犬でいい。愛してもらえるならなにを捨てても惜しくないって、本気で思う」

見あげる視線が、涼しい瞳に吸い寄せられる。

「ほんと、ばかだ」

なじるたび、心がどんどん融けていく。

一心に愛情を伝える瞳に見つめられていると、もう意地もプライドも、なにもかもどうでもいいと思えるほど、この年下の狼青年が愛しくなってしまう。

「恋愛ごっことかペットごっことか偕さんは言うけど、俺はいつだって真剣なんだよ」

温かな囁きとともに、軽いキスが下りてすぐに離れた。

「あ、怒らない？　じゃあ、もう一回」

ようすを窺いながら、再びソロリと口づけられて、耳たぶが熱くなるのを感じた。

「ベッドに行く?」

おどけたように言う巽の笑顔に、胸が大きく揺さぶられた。

いったい、いつからこんなにもほだされていたのだろう。

もしかしたら、北海道で初めて会った日、互いの体に触れた時から、愛情に変わりうる好意は始まっていたのかもしれない。巽はそれを敏感に嗅ぎ分けていたから……、二度目に会った時には恋の可能性を確信したから、絶対に愛し合えるはずだと自信を持って言いきっていた。そしてそれは、一緒にいる時間の何倍もの早さで変化し、あの、抱き合った最悪の夜にはっきりとした形を持ったのだ。

もう、認めないわけにはいかない。自分をごまかすこともできない。熱く引き寄せられるこの気持ち。巽が欲しいという欲求を——。

偕は黙って立ちあがると、巽の首にかかっているタオルをつかんでズイズイ寝室に引っ張っていった。ベッドに片膝を乗りあげるなり、自分のシャツのボタンを手早く外して胸を開いた。

「偕さん……? これは」

「言わせるな。わかってるだろう」

突き飛ばすようにして巽をベッドに押し倒す。すぐに体勢が引っくり返されて、巽は組み敷いた偕の首に顔を埋めて蕩ける声で言う。

「わかってるけど、先に愛の告白が聞きたい」

「次から次へと、要求ばかり……」

「聞かせて。俺を好きだって言って」

巽は駄々っ子みたいに首を振り、抱きしめる腕が急速に体温をあげていく。

「早く言ってくれないと、我慢できなくて……俺、このままする前にイッちゃうよ」

「誰が得するんだ、その脅し」

「偕さんだよ。言ってくれたらすぐ気持ち悦くしてあげる」

のしかかる下半身がモゾモゾと動き、ジーンズの中で張っている熱をグリグリ押しつけてくる。偕の熱もすでに固く張っていて、巽のものと揉み合う刺激がたまらなく粟立ちを誘った。

「ったく……」

子供みたいに甘えていても計算ずく。この男は、偕の保護本能をくすぐる術《すべ》を心得ているのである。

偕は、甘さの混じった降参のため息をこぼした。

「好きだよ。巽の勘は当たってた。もうずいぶん前から僕は君を愛してた――。さあ、言ったぞ。焦らさないでさっさとやってくれ」

と要求するまでもなく、唇に激しくかぶりつかれて呼吸を奪われた。

甘い蜜《みつ》を絡めた舌で互いの口内を愛撫して、息を継ぐ間も惜しんで吸いあげてはコクリと飲みこむ。絡め合う舌が淫靡な音をたて、湿った吐息が焼けつきそうなほど沸きあがっていく。その隙にもせわしなく服を脱がされ、ビチャビチャに濡れた唇を離した時にはすっかり全裸にされていた。

キスの余韻が心地よく頭の芯を痺《しび》れさせる。ゆっくり瞼《まぶた》を開くと、二人同時に蕩ける深い息を吐いた。

性急に思いきり貪って、少しは巽も落ち着いたらしい。このうえもなく至福といった顔で見つめられて、なんだか照れくさくなってしまった。

「ほんとに……好きなんだなぁ」

しみじみ呟くと、巽は蜜に濡れた偕の唇をペロペロと舐める。

「そうだよ、もうほんっと好き。こんなに人を好きになったのは初めてで、愛してもらうことばかり考えてみっともないくらい必死」

「ああ、僕も。こんなに人を欲しいと思ったのは初めてだ。巽が可愛くてしかたないよ」

　信じられないことに、自分とは無縁だと思っていた甘ったるいセリフをすんなり受け入れ、己の口からもいとも簡単に応えが出てくる。あんな捨て身で迫られては、どうしたってほだされないわけがなかったのだと、つくづく思う。

「早くしよう。悦くしてくれるんだろ？」

「偕さんに求めてもらえると嬉しい。どんな恥ずかしいプレイでもしてあげるから、遠慮なく言って」

「いや、ノーマルでいいから」

　さすがにそこはすげなく断るけれど、体の熱が期待でザワザワとうごめく。胸を撫でられただけで、官能の吐息が漏れた。

　巽は、偕の乳首を指で擦りながら鎖骨に舌を這わせる。

「前にした時、偕さんは痛いのが好みなのかと思ったんだけど」

「違……、あれはちょっと、へんに盛りあがった……だけ……で」

　乳輪をつまんでやわやわと揉まれて、喘ぎ混じりの言葉が途切れた。

「じゃあ、今度こそじっくりたっぷり。正気でいられなくなるくらい気持ち悦くしてあげよう」

　巽はツンと尖った胸先を口に含み、固さを楽しむようにして舌先でこねる。

収縮した乳首がすぐに敏感さを増して、全身に性感帯が広がる。このままだと胸の愛撫だけでイッてしまうんじゃないかと思うくらい、感覚がひどく昂揚《こうよう》していった。

巽はしこった乳輪を歯に挟み、クチュクチュと音をたてながら強く吸いあげていく。

乳首を噛まれると刺激がダイレクトに下腹に落ち、悶える呼吸をあられもなく乱れさせた。痛いほどに張った勃起が、何度も痙攣した。

「乳首を弄《いじ》られるの好き？　先が赤くなって、すごく熱いよ」

「ん……っ……ふ」

特に好きでもなかったはずだけど、今は異様に感じてしまっている。答えようにも、弄り倒されていて言葉が喘ぎに邪魔されて首を振るしかできない。

「こっちがもうびしょびしょだ」

巽は臍の下に片手を伸ばすと、愛液が溢れてとまらない屹立の先端を握った。

ヌルつきをまとった指が過敏な鈴口を摩擦して、時折つまんではつねるようにしてキュッとひねる。痛みの一歩手前の絶妙な快感に翻弄されて、偕は羞恥を感じる余裕もなく声をあげて身悶えた。

キスと舌を使った愛撫が胸からみぞおちへ下りてくると、さらにその下の勃起を口で慰めてほしくて意識せず腰を浮かせた。

びしょびしょに濡れた鈴口を、巽は尖らせた舌先でチロリと舐めて味をみる。

「偕さんのコレ、色も形もきれいだ。張り具合も、すごくそそられる。感じてくれてると思うと、やりがいがあるよ」

そんなモノをじっくり鑑賞されたことがないので、しみじみ実況されるとみもふたもなく恥ずかしい。

巽は幹を掌に包んで、根元から先端まで反応を確かめながら丁寧に舐めあげる。

「気持ち悦い？　ひと舐めしただけでいやらしいヌルヌルが溢れて、大変なことになってるな」

「ひ、人の股間に顔を埋めて、なにを言……っ」

先端をパクリと口に含まれて、思わず両手で顔を覆うと文句が途切れてしまった。

巽はぬめる舌で愛撫しながら、屹立を深く咥えこんでいく。温かな口の中の感触に弄ばれて、悶える偕の下半身にピリピリと電流が走った。

ひとしきりの愛撫のあと、巽は濡れた屹立を口から出し、人差し指の腹で鈴口をさすっていやらしげに舌なめずりをする。

「新鮮な魚の活け作りでも食べてる気分。ココを可愛がるとビクンビクン震えて悦《よろこ》んじゃって、今にもイきそうじゃないか？」

両足を左右に大きく開かせると、すでに口を広げはじめている窪みに人差し指を挿し入れ、抽送で奥をほぐしていく。

「う……あ……ぁ」

内部を擦る指が増やされて、三本になると緩急に加えて指をうごめかせるバリエーションで攻め立てられ、襞が痙攣と弛緩《しかん》を繰り返した。

「すごい勢いでほぐれてく。そんなに早く俺が欲しい？」

勃起に直結する小さなひと粒が刺激されるたび、揺れる屹立の先端から透明な露が溢れ出してとまらない。

「こうやって一番悦いところを擦ると、きれいなペニスが跳ねていやらしい露を撒《ま》き散らして、最高の眺めだ」

巽は身悶えに耐えようとする偕を見おろし、満足げに実況する。

「ちょっ……、勘弁して……。言葉攻めは、苦手だ」

偕が音をあげるような声をこぼすと、巽は指を抜いて爽やかな顔で笑った。

「率直な感想を述べてただけなのに」

「感想はいいから」

ヘラッとかわされて、なんとなく悔しい。偕は肩で息をしながら起きあがり、平手で巽の胸をどついて仰向けに押し倒した。

「交代。僕の番だよ」

今度は偕が舌なめずりをして、巽のジーンズを開くと下着の盛りあがりに手を置き、ヌルリとした感触を探る。

「かわいそうに、きつかっただろう。下着までぐしゃぐしゃに汚しちゃって。先に脱いでおけばよかったね。ああ、僕よりいっぱい出てるんじゃないかな？　いやらしい露が」

意趣返しである。言葉遣いは優しくて柔らかいけれど、声のトーンは挑発的。巽のジーンズを足から引き抜いて、先走りに濡れてそそり立つ勃起を握った。

「剛毅《ごうき》だね。大きさも固さも申し分なし」

言うが早いか、喉の奥まで咥えて呑みこむようにして吸いあげた。口に入りきらない根元を親指と人差し指で括《くく》ってゴシゴシ摩擦しながら、顔を上下させて熱塊の上半分を口腔《こうこう》で強く扱く。

「うわ、いきなりそれ……やば……っ」

巽はたまらず肩を竦めて身じろいだ。しかし偕はかまわずピッチをあげ、剛毅ないちもつを巧妙な舌使いで執拗《しつよう》に練ってやった。

舌と上顎で締めつけて顔を引き、少し緩めるとまた深く咥えこむ。そのたびに口の中の剛毅な感触が脈打ち、熱く滾《たぎ》る質量を増した。

射精の欲求をこらえているのがありありと感じ取れて、淫靡な気分が誘われて下腹の奥が沸騰しはじめた。

口の中にいる巽の熱と、偕の口腔にこもる熱が淫猥《いんわい》に熔け合う。もっと昂揚したくて、粟立つ体がじっとしていられない。

先走りを溢れさせる先端から口を離すと、透明に光る露がツゥと糸を引いた。

金色のキャッツアイを細めて妖《あや》しく微笑い、巽のそそり立つ幹を人差し指でなぞった。

「張りすぎて今にも破裂しそうだ。僕の中に入りたい？　ラクにしてあげるよ」

「乗ってくれるの？」

巽は偕を見あげ、吐息混じりの蕩ける声で言う。

「普段ストイックなくせに、とんでもない色気。このギャップがたまらないな」

「性生活はメリハリがないとね」

偕は唇のはしにチロリと赤い舌を覗かせ、足を大きく開いて巽の腰を跨《また》いだ。

片手を背後に回すと巽の勃起を引き起こし、迷いもなく先端を窪みに押し挿れる。腰を沈めると体内に埋もれていく熱塊を感じて、内壁が期待と悦びに震えた。

「ん……はあ」

すべてを呑みこむと、内道にみっしりつまる圧迫感に満足のため息が漏れた。

腰を引きあげ、体重を乗せて落とす。小さくグラインドしながら体をくねらせ、巽の勃起を締めつけ練りあげた。

「う、すご……。そんなに締められちゃ……っ」

巽は偕の太腿《ふともも》をきつくつかみ、射精に耐えようと眉間を寄せる。

「いいよ、中で……出して」

「まだ……もうちょっと」

激しい上下運動のたび、新しいベッドが壊れそうなほどギシギシ軋《きし》んだ。

太腿をつかんでいた手が脇腹に移動して胸を撫でる。指先で乳首をつまんで揉まれて、快感が何倍にも膨れた。

全身が総毛立つのに、肌はしっとり汗ばむ。

巽の体に興奮している淫らな姿を見せたい――。ふいにそんな欲求がこみあげて、意識するより先に自分の下腹に右手が伸びた。

揺れる屹立を握ると、根元から先端へと何度も往復させる。エクスタシーの流れが下腹に集まり、急速に滾って尿道を走り抜ける。

偕は鼻腔《びこう》から切ない呼吸を漏らし、肩を震わせながら欲望を放射した。同時に、内壁に締めつけられた剛毅が解放の脈を打ち、偕の体内に熱い精を放ったのがわかった。

トロリとした白濁が、巽の腹にパタパタと滴り落ちる。

「どう……、悦かっ……た?」

偕は荒ぶる呼吸を整えながら、巽の胸に両手をつき、見おろす目元をすがめた。

「悦かったけど……なんか、即行イかされた……ような」

偕に跨がれたまま、大の字で転がった巽も肩で息をする。

「そう、イかせてあげたんだよ。僕のココでね」

偕は言いながら、自分の臍の下に手をすべらせ、巽の収まっているあたりを淫猥に撫でて見せた。

主導権を握れて満足だ。フフと笑ってやると、巽は恨みがましい顔で腹に散った白濁を指に絡め取る。

「もう一回くらいはいけるよね? 俺の、偕さんの中でまだ元気なのわかるでしょ」

そう言う巽の勃起は、偕の体内でいっこうに衰えを見せない。漲《みなぎ》る雄姿がさらに盛りあがっているようだ。

「タフだなぁ……。いいけど、もう一回くらい」

サラリと返してやると、巽は白濁を絡めた指をペロリと舐め、挑戦的に笑っておもむろに両腕を差し伸ばした。

「泣くまで感じさせてやるから、覚悟しな」

意趣返しの意趣返しである。偕の背中を抱くと反転させて組み敷き、いったん引き出した剛毅を再び突き入れ、最奥までひと息に貫いた。

「うあっ……ああっ！」

瞬間、叫びにも近いかと思える艶めかしい声が押し出された。そのまま何度も繰り返し突きあげられて、今まで出したことのない嬌声《きょうせい》が連続して引き出された。

イッたばかりで射精の余韻がまだ消えてない。内壁の感度は最高潮のままで、まるで神経を直撃されているかのように過敏になっているのだ。

激しく喘ぐ唇をキスで塞《ふさ》がれて、快感と苦しさが入り混じって気が遠くなった。必死に頭を振って逃れると、今度は腰を持ちあげて膝に乗せられ、反らした胸を弄ばれた。

巽は上半身を前のめりに倒し、偕の乳首をつまんで歯に挟む。カリカリと噛んでは舌先でこね、そして吸いあげてはまた歯をたてる。重量感のある律動と巧妙な愛撫で攻められて、偕はたまらず身をよじってすすり鳴いた。

強い律動を送られると息も絶えそうなほど悶え、緩められると焦れてもっと欲しくて腰を振ってしまう。

熱塊で内壁を摩擦しながら同時に屹立を扱かれると、気持ち悦すぎて泣きたいほどの射精感の波に襲われた。

下腹に集まった熱が渦巻き、放出しようと屹立が膨張する。鈴口に向けて一斉に動き出した時、根元を指で括って堰《せ》きとめられて、呼吸までとまりそうになってしまった。

「手……放せ」

苦しい息の下で絶え絶えに言うと、巽は意地悪く律動をさらに速める。悪戯《いたずら》心が出たのか、いかがわしげな微笑を口のはしに浮かべた。

「ちょっとさ『お願い、イかせて』って、可愛くおねだりしてみな」

「そ……女みたいな……言え……るか、ばか」

「またばか言う。でも、そんな偕さんが好きだけど」

巽は根元を右手で括ったまま、左手を先端部分にかぶせてクチュクチュ擦る。

「やめ……あ……」

「俺もそろそろ限界なんだ。早くお願いしないと、我慢できなくて先にイッちゃうよ?」

「こ……の、エロ狼……っ」

悪態をついても体は絶頂を迎えたくて、でも昇りつめることができなくて切ない。熱塊の固い感触が体内を往復するたび、一番悦い粒が刺激されて目のふちに涙が滲んだ。

「出したいんだろ。偕さんの中がメチャクチャ悶えてる」

「や……」

堰きとめられた欲熱が下腹の奥で暴れて、射精したくてたまらなくて気がおかしくなりそうだ。

「ほら、イカせてっておねだりしろよ」

苦悶《くもん》の喘ぎが喉の奥でヒュウと掠《かす》れて鳴る。

「お、お願いだか……ら……っ、は……早くイ……かせろ、ばか狼っ」

必死に力を溜めて、最後の単語を強調して返した。

「ああ、もう。ブレない人だね。なにを言っても可愛いんだから」

巽は破裂しそうな偕の屹立を解放すると、肩を抱いて上昇に向かう律動を繰り出した。

「気持ち悦いだろ」

「い、悦い……はぁ……あっ」

濃度を深めた精が、出口を目指して波立ちはじめる。先走りの透明な露が、鈴口からゴプリと溢れた。気持ち悦いを通り越して意識が浮遊して、いく筋もの涙が目尻《めじり》を伝って流れ落ちた。

内壁を猛然と擦られ、痛烈に最奥を突きあげられて、腰が砕ける。バラバラになりそうなくらい体中が軋みをあげ、荒れ狂う官能が全身を駆け巡っていく。

「あっ……ああっ」

下腹が暴発すると幹がビクビク痙攣して、痛いほどに焼けつく快感が噴き出した。

わずかな時間、意識が飛んでいたのかもしれない。気がつくと、抱き合う首筋に巽が顔を埋め、余韻の熱を楽しんでいる。蕩けた結合部からは、放たれた白濁がトロトロと漏れ出していた。

麻痺《まひ》したような甘い感覚が、少しずつ正常に戻っていく。呼吸が整いはじめると、偕は巽を押し退けてぐったりうつ伏せた。

瞬きすると濡れた睫毛《まつげ》が小さな涙を散らした。

「ほんとに泣かされるとは……」

呆然と呟いてしまう。

「なんかもう、好きすぎて苛《いじ》めたくなっちゃったんだよ。ゴメンネ」

巽は偕の背中に覆いかぶさり、『ごめんなさい』と『愛してる』がゴッチャになったという感じで頬をすり寄せ、何度もキスをする。

偕は文句を言う気力もなく、好きにさせたまま大きく息を吐いた。

「もう少し広いマンションを探さないとな」

「引っ越し？　俺も一緒だよね。バイトして部屋代入れるよ」

背中の気配がパッと華やぐ。目を輝かせているのがありありとわかる喜びようだ。

「ああ。僕は高峰を継がないんだ。そのために家を出たから、こっちでもっと落ち着ける住居を探したい」

「じゃあ沖縄には帰らないんだ？」

「そのうち出版社との仕事をメインにするつもりでいるからね。だから、このまま東京で暮らす」

「そうか、そしたら俺も都内の大学病院で働こう」

「まず卒業だろ。頑張って勉強しなさい。ということで、最低でも二ＬＤＫ……いや、書斎は欲しいから三部屋は必要か」

「あれ、ちょっと待って」

巽はガバッと起きあがると、うつ伏せる偕の体を引っくり返して仰向かせた。

「それは、偕さんの書斎と俺の勉強部屋と、主寝室ってことだよね、当然」

「僕の書斎と寝室と、君の寝室兼勉強部屋だ」

「反対。断固それ反対。都内は家賃が高いし、俺は台所で勉強するから偕さんの書斎と主寝室だけで充分。二ＬＤＫでいい」

主張する巽を尻目に、偕は気だるい体を反転させて再びうつ伏せた。

「とりあえず、図書館勤めはまだしばらく続けるから、暇を見てこの界隈《かいわい》の不動産屋巡りを始めよう」

「二ＬＤＫ！　俺は絶対二ＬＤＫしか見ないからね。毎晩偕さんと一緒にこのベッドで寝るんだ」

巽の声を聞きながら、偕は枕に顔を押しつけてクスクス微笑った。

仕事の邪魔さえされなければ、寝室は一緒でもいいと思う。自分が他人に愛情を傾ける日がくるとは……。誰かと一緒に暮らすなんて想像もしなかった生活である。

これからも巽に翻弄され、二人の時間を共有して、彼のことを一番に考えて生きていくのだろう。伴侶などうっとうしいだけだと思っていた。他人に心を開かず一人身を楽しんで暮らすはずだったのに、そんな甘ったるい自分の将来はさぞかし見ものだ。

「俺はねえ、こうやって偕さんとイチャイチャするのが夢だったんだ。そのために頑張ったのに、仕事人間と寝室が別じゃ顔を合わせる暇もなくなりそうだろ。そんなの残酷」

巽はブチブチと抗議を続ける。

背中にすり寄る重みを感じながら、偕はゆるりと目を閉じた。

# あとがき

ど、どうも。未森《みもり》ちやと申します。（ドキドキ）

表題作の『黒猫と銀色狼の恋事情』はデジタル書籍作品だったものですが、ありがたいことに文庫化していただけました。

スピンオフの『美猫と年下狼の恋模様』のほうは、大牙《たいが》×凜《りん》を執筆しながら「巽《たつみ》と偕《かい》をくっつけてみたい。未森的にかなり萌《も》えカプになりそう……うふふ」なんて妄想して楽しんでいたので、こちらも書かせていただけてなんというか、感無量です。

もふもふの毛皮動物が大好きで——。あ、毛虫は大嫌いです。特に茶色いモサモサな毛のアイツは、子供の頃に刺されて以来見るのもダメ。

そんな未森は、実はわりと最近までケモ耳ケモ尻尾《しっぽ》の萌え属性はありませんでした。

二年ほど前に黒ラブの仔犬を数ヶ月預かり育てたことがあって、その破壊力と食い意地の凄《すさ》まじさにすっかり魅了され……。我が家の猫ともいいカンジだったので、大型犬と猫を一緒に飼うのが夢で、リアルにゃんことリアルわんこが一番だったのですね。

しかーし！　ある日、某歌い手さんのネコ耳コラージュ写真を見て突然ムクムクと属性が湧《わ》いてきまして、以来ケモ耳ケモ尻尾の虜《とりこ》になってしまったのです。

美形人間の頭になにげに耳がついてるのって、いいよねえ。すましたポーズでお尻《しり》から尻尾がフリフリ出てるのも、カワイイよねえ。ということで、ウキウキせっせと書いたこの作品。

■ここちょっとネタバレありますけど。
このお話の中には人間の姿に耳と尻尾をつけた獣人化のシーンは、寝起きの大牙がちょこっとだけしか出ていません。みんな猫と狼の姿にきっちり変身しています。

でもどうしても主要キャラ四人のケモ耳ケモ尻尾をつけた姿が見たくて、ダメでもともとのつもりでお願いしたところ、なんと快く描いていただけました。

未森の頭の中を覗《のぞ》いて萌えをそのまま描いたような、ほんのり色気の香るカラーイラストです！　しかも表紙です！

ああもう嬉《うれ》しくてどうしましょう。

大牙の尻尾がカバーで隠れてしまうのが残念ですね。ぜひぜひ、カバーを外してフサフサモフモフの狼尻尾を見てください！

機会があれば、今度はケモ耳ケモ尻尾をつけた獣人化のHとかウフフな絡みを書いてみたいと思います。

希望を聞いてくださった担当様、ありがとうございます。

期待を大きく上回るイラストを描いてくださった椿《つばき》先生、ありがとうございます。

未森の拙《つたな》い作品を読んでくださったみなさま、ありがとうございました。少しでも楽しんでいただけたら幸いです。

未森ちや

イラスト描かせて頂きありがとうございました！
凜、大牙、偕、巽、それぞれが活き活きとしてキュートで，本当に魅力的で
どっちのカップルも幸せになって欲しいなぁ♡と心から思います！
素敵な作品に携わらせて頂けてとても光栄でした〜〜!!

個人的には偕さんと大牙の凜をめぐるやり取りがツボでした♡
したたかな偕さんのことなので，わざと大牙が怒ることとか
して楽しんでいるのかなと思うとまたカワイイですね♡笑
しかしそんな偕さんを攻められる巽の手腕ときたら…ゴクリ
表紙では，本文で描けなかったケモミミも描けて楽しかったです！

最後になりますが 未森ちや先生，担当さま，読者の皆様。
本当にありがとうございました!!

椿

［初出］
～黒猫と銀色狼の恋事情～
B-Cube 作品『猫耳は狼の愛を聞く』・加筆修正

～美猫と年下狼の恋模様～
書き下ろし

この本を読んでのご意見・ご感想・
ファンレターをお待ちしております。
〒101-0051
東京都千代田区神田神保町2-4-7
久月神田ビル7F
(株)イースト・プレス　アズ文庫 編集部

# 黒猫《くろねこ》と銀色狼《ぎんいろおおかみ》の恋事情《こいじじょう》

2014年4月10日　第1刷発行

著　者：未森《みもり》ちや

装　丁：株式会社フラット
DTP：臼田彩穂
編　集：福山八千代・面来朋子
営　業：雨宮吉雄・藤川めぐみ

発行人：福山八千代
発行所：株式会社イースト・プレス
〒101-0051
東京都千代田区神田神保町 2-4-7
久月神田ビル 8F
TEL 03-5213-4700　FAX 03-5213-4701

http://www.eastpress.co.jp/

印刷製本　中央精版印刷株式会社


ISBN978-4-7816-1140-2　C0193

『不純恋愛症候群《シンドローム》』©山田パン／イースト・プレス